〔日〕小川未明 等 —— 著

日本的童话

にほんのどうわ

赵玉皎 —— 译

Japanese
Fairy Tales

陕西新华出版
太白文艺出版社·西安

果麦文化 出品

目录

新美南吉

去年的树 / 2

小狐狸买手套 / 4

小竹笋 / 11

蜗牛 / 13

树的庆典 / 16

两只青蛙 / 19

原野的春天,山里的春天 / 21

蜗牛的悲伤 / 24

红蜻蜓 / 26

一年级小学生和水鸟 / 32

螃蟹做生意 / 35

小狐狸阿权 / 38

腿 / 47

红蜡烛 / 49

糖球儿 / 51

喜欢孩子的神明 / 53

丢失的一枚铜币 / 56

山丘上的铜像 / 58

花木村和盗贼们 / 70

小川未明

红蜡烛和美人鱼 / 88

千代纸之春 / 100

大雁 / 106

受伤的铁轨和月亮 / 111

好心肠的老爷爷 / 117

小岛的黄昏 / 123

巧克力天使 / 127

卖金鱼的老爷爷 / 134

红船和燕子 / 140

月夜与眼镜 / 142

多年以后 / 148

小红鱼和孩子 / 154

两种命运 / 159

小猴和母猴 / 163

红雀 / 167

宫泽贤治

银杏果 / 174

客堂童子的故事 / 179

要求太多的餐馆 / 183

大提琴手戈修 / 195

鹿舞起源 / 214

传统经典

竹子里诞生的辉夜姬 / 228

仙鹤报恩的故事 / 231

浦岛太郎 / 236

桃太郎 / 239

弃老山 / 246

文福茶釜 / 249

狐狸和狼 / 252

江户的青蛙和京都的青蛙 / 257

尾巴钓鱼 / 259

木匠与鬼六 / 264

穷神与福神 / 268

变成了招财猫的小猫 / 272

返老还童的泉水 / 274

二月的樱花 / 277

能听懂鸟语的头巾 / 281

小宝宝和小偷 / 286

从月亮上掉下来的年糕 / 288

哪个是猫妈妈 / 290

坐渡船的狐狸送亲队 / 293

月亮在看着呢 / 295

鬼做的面具 / 297

从画中跑出的小马 / 299

五分次郎 / 302

鳞珠的故事 / 305

译后记 / 313

无论是谁,都有满满的悲伤,不止是我一个。我必须能够忍受自己的悲伤。

美美地睡上一觉之后,不管是人,还是青蛙,心情都会变好的。

夏天过去了,秋天也溜走了,时序转到了冬天。然后,又一个春天到来了。

《蜗牛的悲伤》　　　　《两只青蛙》　　　　《卖金鱼的老爷爷》

新美南吉
にいみなんきち

去年的树
去年の木

大树和小鸟是好朋友。

小鸟每天在大树的枝头唱歌,大树一天到晚都在倾听小鸟的歌声。

可是,寒冷的冬天即将来临,小鸟不得不和大树分别了。

大树说:"再见。请你明年还来这里,让我再听到你的歌声。"

"好的,你要等着我呀。"

说完,小鸟朝着南方飞走了。

又一个春天到来了。原野上,森林里,白雪已经融化了。

小鸟回来了,它回来寻找自己的好朋友——那棵去年的树。

可是,怎么回事?大树不见了,只有一截残存的树桩。

"大树去哪儿了?"小鸟问树桩。

树桩说:"伐木人用斧头砍倒了大树,把它运到山谷那边了。"

小鸟朝山谷飞去。

谷底有一座大工厂，传来了"刺啦刺啦"锯木头的声音。

小鸟停在工厂的大门上，问："大门，我的好朋友大树怎么样了，你知道吗？"

大门说："大树啊，在工厂里，它被劈成了细细的小木条，做成火柴，卖到那边的村庄去了。"

小鸟朝村庄飞去。

一个小女孩守在一盏煤油灯旁边。

小鸟问："你好。请问，你知道火柴在哪里吗？"

小女孩说："火柴已经烧完了。不过，火柴点燃的火苗，还在煤油灯里燃烧呢。"

小鸟静静地望着煤油灯的火苗。

接下来，小鸟为火苗唱起了去年的歌。火苗欢快地跳动着，看起来，它从心底感到欢喜。

小鸟唱完了歌，又静静地望着煤油灯的火苗。过了一会儿，它飞走了，不知去了什么地方。

小狐狸买手套
手袋を買いに

寒冷的冬天从北方呼啸而来，降临狐狸母子住的森林里。

这天早晨，小狐狸刚要钻出洞穴，忽然，它"啊"的一声捂住了眼睛，滚到狐狸妈妈身边。

"妈妈，有东西扎进眼睛里了，快帮我拔出来，快点哪！"小狐狸叫道。

狐狸妈妈吓坏了，小心翼翼地把小狐狸捂在眼睛上的手拿开。仔细一看，小狐狸的眼睛里并没有扎进什么东西。狐狸妈妈钻出洞口，这才弄明白。原来，昨天夜里下了好多洁白的雪，太阳灿烂地照在雪上，白雪闪耀着炫目的光芒。小狐狸没见过雪，看到那么耀眼的光芒，以为眼睛里扎进了什么。

小狐狸出来玩耍了，它在丝绸一般柔软的雪上跑来跑去，雪粉像飞沫一样溅开，映出一道细细长长的小彩虹。

就在这时，突然，"砰砰！轰！"，身后传来了巨大的声音,面包粉一样的细雪劈头盖脸地倾泻下来。小狐狸大吃一惊,在雪地里连滚带爬,一口气跑出十几米远。回头一看,什么事儿也没有,只不过是大团积雪从冷杉枝头崩落了。这时,还有白丝线一般的细雪,从枝叶的缝隙间洒下。

不一会儿,小狐狸回到了洞里,说:

"妈妈,手手好冷,手手好疼。"

说着,小狐狸把两只湿湿的、红红的小手伸到妈妈面前。狐狸妈妈呼呼地往小手上哈热气,还用自己温暖的手轻轻握住小手,说:"马上暖和了。摸过雪的手,很快就会暖乎乎的。"

不过,狐狸妈妈心想,宝贝这么可爱的小手,要是冻伤了,就太可怜了。它打算今晚到小镇上,给小狐狸买一双合适的毛线手套。

沉沉的夜幕降临了。黑夜展开包袱皮一般的阴影,笼罩了原野和森林。可是雪太白了,黑夜再怎样包裹大地,还是有白光浮现出来。

狐狸母子出了洞穴。小狐狸藏在妈妈的肚皮底下,圆圆的眼睛眨呀眨呀,一边东张西望,一边向前挪步。

过了一会儿,前方出现了一点亮光。

小狐狸看到亮光,说:

"妈妈,你看,星星落在了那么低的地方。"

"那可不是星星。"狐狸妈妈停下了脚步,"那是小镇上的灯光。"

　　小镇上的灯光勾起了狐狸妈妈的回忆。有一次，它和朋友一起到镇上，却遭遇了一场飞来横祸。朋友不顾狐狸妈妈的阻拦，去偷一户人家的鸭子，结果被人类发现，被追赶得走投无路，险些丢了性命。

　　"妈妈，你怎么了？快点走呀。"小狐狸在妈妈肚皮下面说道。可是，狐狸妈妈怎么也迈不动脚步，无可奈何之下，妈妈只好让小狐狸自己去镇上。

　　"宝贝，伸出一只手来。"狐狸妈妈说。

　　狐狸妈妈握着小狐狸的那只手。过了一会儿，小狐狸的手居然变成了人类小孩子的可爱小手！小狐狸把小手伸开，握住，又掐一掐，闻一闻。

　　"妈妈，好奇怪，这是什么？"借着雪光，小狐狸目不转睛地盯着变了模样的小手。

　　"这是人类的手呀。宝贝，要记住，到了小镇上，你会看到很多户人家，你去找门口挂着圆帽子招牌的店铺。找到以后，你就嗒嗒地敲门，说'晚上好'。然后，店里的人会把门打开一条缝，你从门缝里把手伸进去。一定要伸这只手，对，就是这只人类的手。你说'我想买手套，要这只手戴着正合适的'。明白了吗？记住了，千万不要弄错，不可以伸那只手哦。"狐狸妈妈叮嘱着。

　　"为什么？"小狐狸问妈妈。

"因为人类如果发现狐狸来买东西,就不会把手套卖给我们。不但不会卖给我们,还会把我们抓起来关进笼子里。人类是非常可怕的。"

"嗯……"

"千万不要伸错了手啊。要伸这只手,对,这只人类的手。"说完,狐狸妈妈把两枚铜币放进小狐狸那只人类的手里,让它好好握住。

朝着小镇上的灯光,小狐狸在雪光微明的原野上,摇摇晃晃地前行。刚开始,它只能看到一点亮光,渐渐变成两点、三点,最后增加到十多处灯光。看到眼前的景象,小狐狸心想,原来灯光和星星一样,也有红色的、黄色的和蓝色的呀。

终于,小狐狸来到了小镇上。临街的人家大门紧闭,只有温暖的灯光从高高的窗子上洒落下来,落在积雪的路面上。

店铺门口的招牌上,大多亮着一盏小小的电灯。小狐狸看着招牌,寻找帽子店。看招牌有自行车店、眼镜店……五花八门。有的招牌新涂过油漆,有的则斑斑驳驳,剥落得像一堵旧墙壁。小狐狸第一次到镇上来,那到底是些什么招牌,它还弄不明白。

小狐狸总算找到了帽子店。正如妈妈仔细告诉它的那样,一盏蓝色电灯照亮了门口的招牌,招牌上画着一顶黑色大礼帽。

小狐狸按照妈妈的告诫，嗒嗒地敲门，说："晚上好！"

屋里传来了窸窸窣窣的声音，不一会儿，吱呀一声，门开了一道一寸宽的缝儿，一条光带在路面的白雪上长长地伸展开。

亮光晃得小狐狸睁不开眼睛，惊慌中它伸错了手——它把妈妈千叮咛万嘱咐、绝对不可以伸出的那只手，从门缝里伸了进去。

"我想买手套，要这只手戴着正合适的。"

帽子店主人吃了一惊，这不是狐狸的手吗？狐狸居然来买手套，一定是拿树叶当钱来买的吧。

于是主人说："先把钱给我吧。"

小狐狸乖乖地把握在手里的两枚白铜币递给了帽子店主人。店主人把铜币放在食指尖上敲了敲，发出锵锵的悦耳声音，原来不是树叶，而是真的铜币。于是，店主人从货架上拿下一双小孩子戴的毛线手套,放在了小狐狸手里。小狐狸道了谢,沿着来时的路往回走。

"妈妈说人类很可怕,可是他们一点儿也不可怕呀。人类看到了我的手,但并没有怎么样。"小狐狸心想。

人类究竟是怎样的呢?它很想看一看。

经过一户人家的窗下时,里面传出了人类的声音。那是多么温柔、多么美好、多么宁静的声音啊。

睡吧,睡吧,
在妈妈的怀抱里;
睡吧,睡吧,
在妈妈的臂弯里……

小狐狸心想,这歌声一定是人类的妈妈唱的。因为,当小狐狸睡觉时,狐狸妈妈也会摇着它,用这样温柔的声音唱歌。

接下来,传出了小孩子的声音:

"妈妈,这么寒冷的夜晚,森林里的小狐狸会不会冻哭了?"

妈妈说:"森林里的小狐狸也听着狐狸妈妈的歌,在洞里快睡着了吧。宝贝,你也快点睡吧。是森林里的小狐狸先睡着,还是宝贝先睡着呢?一定是宝贝先睡着。"

听了这番话，小狐狸忽然想念起妈妈来。它跳了起来，朝等待着它的狐狸妈妈飞奔而去。

狐狸妈妈担心得浑身发抖，眼巴巴地盼着小狐狸快回来。看到宝贝平安归来，狐狸妈妈把小狐狸紧紧地搂在温暖的怀里，高兴得差点儿落下泪来。

狐狸母子朝森林里走去。月亮出来了，狐狸毛闪耀着银光，它们的脚印上漾出了钴蓝色的光影。

"妈妈，人类一点儿也不可怕。"

"为什么？"

"我伸错了手，把真的手伸进去了。可是，帽子店主人并没有抓我，还把这么暖和的手套卖给了我。"

说着，小狐狸举起戴着手套的小手，啪啪地拍了起来。

"你呀！"狐狸妈妈哭笑不得，又自言自语地说，"人类真的很好吗？人类真的很好吗？"

小竹笋
たけのこ

　　一开始,小竹笋们藏在地底下,朝着四面八方探头探脑。

　　春雨过后,一个接一个地,小竹笋从泥土里露出头来。

　　这个故事,说的是小竹笋们还藏在地底下时的事儿。

　　小竹笋们非常盼望去远方,竹妈妈教导它们说:

　　"不可以去太远的地方。要是离开了竹林,会被马蹄踩到的。"

　　可是,无论妈妈怎么说,有一根小竹笋却一个劲儿地向远处钻去。

　　"为什么不听妈妈的话?"竹妈妈问。

　　"那边有一个声音,一个温柔的、动听的声音,正在呼唤我呢。"小竹笋答道。

　　"我们什么都没听到哇。"其他的竹笋们说。

　　"可是,我听到了!那声音太美了,美得没法形容。"小竹笋说。

就这样，它离大伙儿越来越远了。

终于，这根小竹笋和其他竹笋分开了，越过篱笆，钻出了地面。

一个手拿横笛的人走了过来，问：

"咦，你是一根迷路的小竹笋吗？"

"不，不是的。是你的笛声太美了，把我吸引到了这里。"小竹笋答道。

后来，小竹笋长大了，变得非常坚韧。终于，它成了一支美妙的横笛。

蜗牛
デンデンムシ

蜗牛宝宝刚出生不久，趴在蜗牛妈妈的背上。蜗牛宝宝的身体小小的，仿佛透明一般。

"宝宝，宝宝，天亮喽，快把眼睛伸出来吧。"蜗牛妈妈呼唤着。

"下雨了吗？"

"没有下雨哟。"

"刮风了吗？"

"没有刮风哟。"

"真的吗？"

"真的。"

"那好吧。"蜗牛宝宝悄悄地伸出小小的眼睛，把眼睛抬到了头顶上。

"宝宝，在你的头顶，有一片大大的东西，是吧？"妈妈问。

"嗯，映入我眼里的这个东西，是什么呀？"

"是绿色的叶子。"

"叶子？叶子是活的吗？"

"是的。不过，它不会伤害你的，别担心。"

"啊，妈妈，叶子尖儿上有一个小圆球，闪闪发光！"

"那是朝露，好看吧？"

"好看，真好看哪。圆圆的露珠哇。"

这时，朝露唰地从叶片上滑过，啪嗒一声，落到了地面上。

"妈妈，朝露跑掉了。"

"它落下来了。"

"它还会回到叶子上吗？"

"不回去了。露珠一旦落下来，就坏掉了。"

"嗯，不好玩。啊，有白色的叶子飞走了！"

"那可不是叶子，那是蝴蝶。"

蝴蝶穿过树叶的缝隙，飞上了高高的天空。

蝴蝶的身影消失以后，蜗牛宝宝又问：

"那是什么？在叶子和叶子之间，看起来很远很远的那个东西。"

"那是天空。"蜗牛妈妈答道。

"有谁在天空中吗？"

"这个嘛，妈妈就不清楚了。"

"天空的那一边，还有什么呢？"

"这个嘛，妈妈也不知道。"

"嗯……"蜗牛宝宝努力地伸长小小的眼睛，久久地凝望着遥远的天空——那连妈妈都不明白的、奇妙的天空。

树的庆典
木の祭り

大树绽放了好多洁白的美丽花朵，看到自己变得这么美，大树非常开心。可是过了好久也没有听到一个人称赞"真美呀"，大树又有点儿失落。

原来，大树孤零零地站在绿色原野的正中央，几乎没有人从这里经过。

温柔的风从大树身边拂过，花朵的香味儿轻轻地附在风的身上，随风越过小河，经过麦田，滑下山崖，来到了有许多蝴蝶的马铃薯田里。

"咦？"一只停在马铃薯叶子上的蝴蝶抽了抽鼻子，"多么芬芳的香气呀！啊，我都陶醉了。"

"哪里开花了吧。"停在另一片叶子上的蝴蝶说，"一定是原野正中央的那棵大树开花了。"

接下来，马铃薯田里的蝴蝶们都嗅到了随风而来的花香，"哎呀""哇"地叫了起来。

蝴蝶非常喜爱花朵的香味儿，有这么醉人的花香，它们当然不会置之不理。大伙儿商量了一下,决定飞到大树那里,为大树举行一场庆典。

于是,由个头最大的花翅蝴蝶领路,形形色色的蝴蝶紧随其后。有白蝴蝶、黄蝴蝶、像枯叶一样的蝴蝶,还有小小的、模样仿佛小蚬子一样的蝴蝶。大伙儿朝着花香飘来的方向,翩翩地飞舞着,冲上山崖,经过麦田,越过小河,朝原野飞去。

蝴蝶群中有一只最小的小蚬蝶,它的翅膀不够强壮,只好在小河边休息一会儿。小蚬蝶停在河边的水草叶上,正在休息的时候,忽然发现旁边的叶子下面,有一只陌生的小虫子正在打盹儿。

"你是谁？"小蚬蝶问。

"我是萤火虫。"小虫子睁开眼睛，答道。

"原野正中央的大树那里要举行一场庆典，你也一起去吧！"小蚬蝶邀请萤火虫。

萤火虫说："可是，我是夜晚的虫子，大家都不愿意理我的吧。"

小蚬蝶说："怎么会呢？"

它诚恳地邀请萤火虫，终于把萤火虫带到了大树跟前。

这是一场多么快乐的庆典啊！蝴蝶们围绕着大树跳舞，仿佛一大朵一大朵的雪花在漫天飞舞。跳累了以后，蝴蝶们就停在洁白的花朵上，享受大树款待它们的甘甜花蜜，吃得饱饱的。

天色渐渐暗了下来，黄昏降临了。

大伙儿叹着气说："好想再玩一会儿呀。可惜天就要黑了。"

于是，萤火虫飞到小河边，带来了一大群自己的伙伴。一只只萤火虫停在一朵朵花上，仿佛大树上亮起了一盏盏小灯笼。蝴蝶们高兴极了，一直玩到夜里很晚很晚。

两只青蛙
二ひきの蛙

在田地的中央，绿青蛙和黄青蛙偶然相遇了。

"呀，你是黄色的，好脏的颜色！"绿青蛙说。

"你是绿色的。你觉得自己很漂亮吗？"黄青蛙说。

这样子说话，当然不会有什么好事喽。于是，两只青蛙吵了起来。

绿青蛙朝黄青蛙猛扑过去，它最拿手的就是跳跃了。

黄青蛙用后腿蹬起沙子，绿青蛙只好接二连三地把眼珠上的沙子擦掉。

就在这时，一阵寒风吹来。

两只青蛙忽然想起，冬天马上就要来了。青蛙们都要钻到泥土里，才能度过寒冷的冬天。

"等春天来了，我们再一决胜负！"说完，绿青蛙就钻到泥土里去了。

"别忘了你刚才说的话！"黄青蛙也钻到泥土里了。

寒冷的冬天降临了。在青蛙们冬眠的土层上面，北风呼啸着刮过，泥土上长出了霜柱。

终于，春天又来了。

泥土中呼呼大睡的青蛙们，感觉到后背上方的泥土渐渐暖和起来。

最先醒来的是绿青蛙，它钻出了土层，发现别的青蛙还没有出来。

"喂，喂，起床喽，春天来啦！"它朝着泥土大叫。

"哎呀，春天来啦？"黄青蛙说着，也从土里钻出来了。

"去年我们吵架的事，你忘了吗？"绿青蛙问。

"等一下，我先把身上的泥洗干净，再和你算账。"黄青蛙说。

两只青蛙朝池塘蹦去，它们要清洗身上的泥土。

池塘里溢满了刚刚涌出的春水，新鲜清澈的春水仿佛柠檬汽水一般。青蛙们扑通、扑通地跳了进去。

洗完澡后，绿青蛙眨巴着眼睛，叫道："呀，你的黄色好漂亮！"

"其实，你的绿色也挺棒的。"黄青蛙说。

两只青蛙异口同声地说："我们别吵了吧。"

美美地睡上一觉之后，不管是人，还是青蛙，心情都会变好的。

原野的春天，山里的春天
里の春、山の春

春天来到了原野上。

樱花开了，小鸟在放声歌唱。

不过，山里的春天还没有到来。

山顶上，还残留着白白的积雪。

山的深处，生活着鹿的家族。

鹿宝宝出生不满一年，它还不知道春天是什么。

"爸爸，春天是什么东西呀？"

"春天里，花朵会开放。"

"妈妈，什么是花朵？"

"花朵，就是非常漂亮的东西。"

"嗯？"

可是，鹿宝宝也没有见过花朵。所以，花朵是什么，春天是什么，它还是弄不明白。

有一天，鹿宝宝独自在山里转来转去，嬉戏玩耍。

这时，从远处传来"铛"的声音。那声响温和而动听。

"什么声音？"

接着，又传来一声"铛"。

鹿宝宝竖起耳朵，仔细倾听。终于，它被那声音吸引着，一步步地走下山去。

山脚下是宽广的原野，原野上樱花盛开，散发出阵阵清香。

在一棵樱花树下，有一位和气的老爷爷。

老爷爷看到鹿宝宝，折下一根樱花枝条，帮鹿宝宝系在它那小小的角上。

"来，给你别上一根花簪子，趁着天还没黑，赶紧回山里去吧。"

鹿宝宝高兴地跑回了山里。

听鹿宝宝讲了经过，鹿爸爸和鹿妈妈异口同声地说：

"那声音，就是寺院的钟声啊。"

"系在你角上的，就是花朵呀。"

"有许许多多的花朵盛开，还有让人心旷神怡的香味儿，这就是春天。"

它们这样告诉鹿宝宝。

那之后，没过多久，春天就来到了深山里，五颜六色的花朵开始绽放。

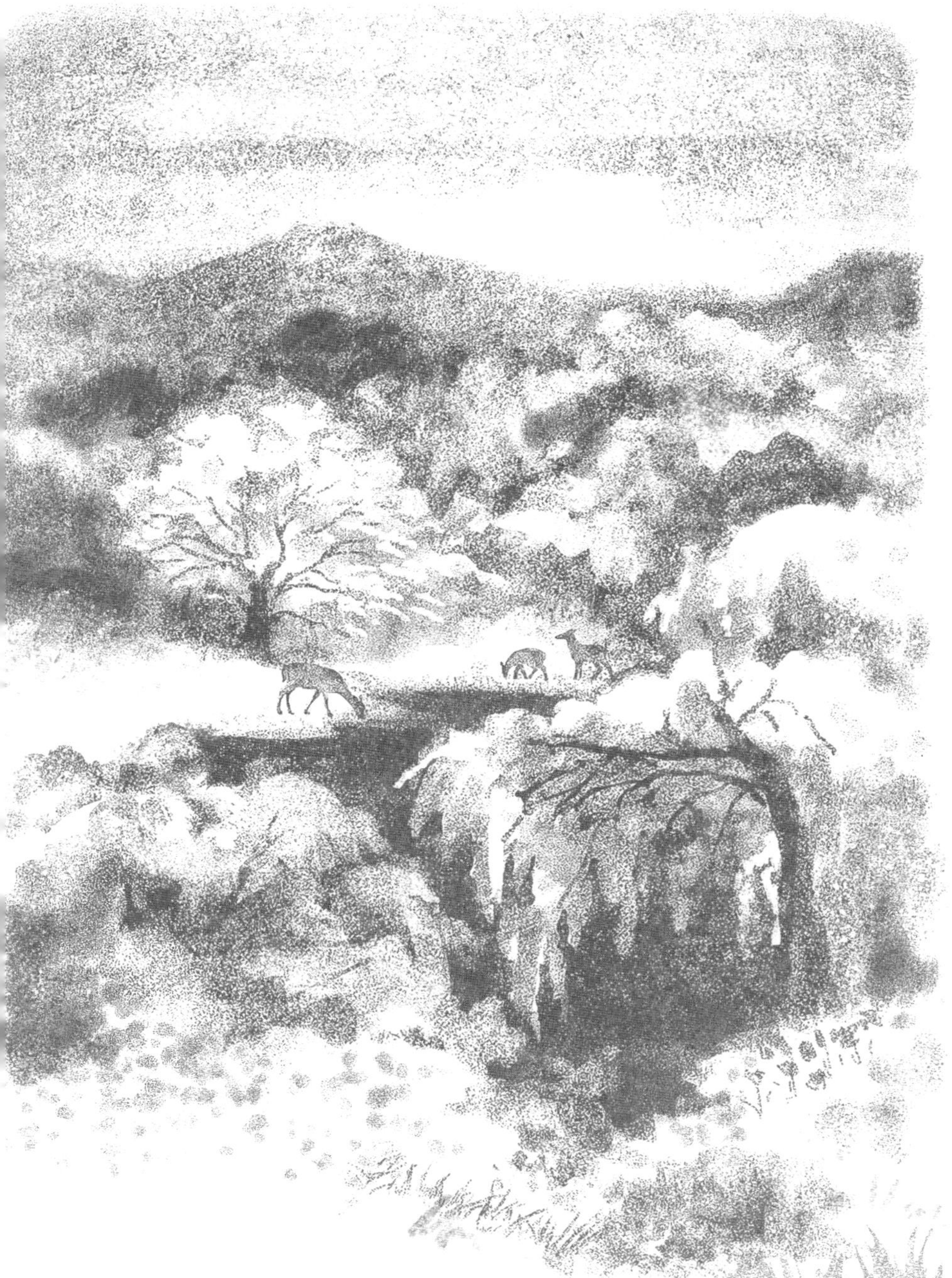

蜗牛的悲伤
デンデンムシノ　カナシミ

从前，有一只蜗牛。

有一天，蜗牛发现了一个糟糕的问题。

"以前我糊里糊涂，居然没有发现，原来我背上的壳里，竟然装满了悲伤。"

这么多悲伤，该怎么办才好？

于是，蜗牛去找它的朋友——另一只蜗牛。

"我没办法活下去了。"蜗牛对它的朋友说。

"怎么啦？"朋友问道。

"我是多么不幸啊。我背上的壳里，满满的都是悲伤。"第一只蜗牛诉说道。

听了它的话，朋友说："不止是你一个，我背上的壳里，也装满了悲伤。"

第一只蜗牛心想，这就没办法了。于是，它去找另一位朋友。

那位朋友也说："不止是你一个，我背上的壳里，也装满了悲伤。"

然后，第一只蜗牛再次出发，去找其他的朋友。

就这样，它找了一个又一个朋友，可是每一个朋友都说着同样的话。

终于，第一只蜗牛明白了。

"无论是谁，都有满满的悲伤，不止是我一个。我必须能够忍受自己的悲伤。"

于是，这只蜗牛再也不唉声叹气了。

红蜻蜓
赤とんぼ

红蜻蜓在空中转了三个圈儿,轻轻地落在了竹篱笆上,它总是在这竹篱笆上休息。

山里的白天静悄悄的。

初夏的山里满眼绿色,到处郁郁葱葱。

红蜻蜓的眼睛骨碌碌地转动着。

红蜻蜓停下来小憩的竹篱笆上,缠绕着牵牛花的藤蔓。去年夏天,这座别墅的主人种了牵牛花,可能是那株牵牛花结了种子,今年又长出来了吧——红蜻蜓心想。

现在,别墅里没人,防雨窗紧闭,冷冷清清的。

红蜻蜓倏地离开了竹篱笆,高高地飞上了天空。

有几个人从远处过来了。

红蜻蜓又停到刚才的竹篱笆上,望着渐渐走近的人们。

一共有三个人。跑在最前面的,是一个可爱的小姑娘,戴着一顶红蝴蝶结帽子。后面是小姑娘的妈妈,还有一个拿着好多行李的书童。

红蜻蜓很想飞到可爱小姑娘的红蝴蝶结上,停下来好好瞅瞅。

可是,如果小姑娘生气就糟糕了——红蜻蜓歪着脑袋,有点儿拿不定主意。

不过,当小姑娘走到跟前的时候,红蜻蜓终于还是飞到了她的红蝴蝶结上。

"呀!姑娘,帽子上有只红蜻蜓!"书童叫道。

红蜻蜓心想,小姑娘或许马上就要伸手捉自己了,它做好了立刻起飞的准备。

然而,小姑娘并没打算捉红蜻蜓。

"啊,在我的帽子上!好开心哪!"她高兴得蹦蹦跳跳。

红蜻蜓像一阵风似的飞了过去。

可爱的小姑娘在空别墅里住了下来。当然,她的妈妈和书童也一起住下了。

这一天,红蜻蜓又在空中盘旋。

夕阳将它的翅膀染得越发艳红。

红蜻蜓,

红蜻蜓,

芒草里,

太危险……

传来了天真无邪的歌声，那声音可爱极了。

一定是小姑娘在唱歌吧。红蜻蜓这样想着，朝歌声方向飞去。

果然，真的是小姑娘在唱歌。

小姑娘一个人在院子里，一边洗澡，一边唱歌。

红蜻蜓飞到小姑娘的头顶，小姑娘握着她的金鱼玩具，高高地举起了双手，叫着："我的红蜻蜓！"

红蜻蜓非常开心。

书童拿着香皂过来了。

"姑娘，我帮你洗洗后背吧。"

"不要！"

"可是……"

"不要，不要！我要妈妈洗嘛。"

"真拿你没办法。"

书童挠着脑袋走开了。这时，他发现红蜻蜓正停在牵牛花叶子上听他们说话，书童忽地扬起右手，呼啦转了一大圈。

"好奇怪……"红蜻蜓心里纳闷，望着书童的右手指尖。

接着，书童呼啦呼啦地抡着右手，圆圈越来越小，渐渐逼近红蜻蜓。

红蜻蜓的大眼睛骨碌碌转动着，盯着书童的手指。

圆圈越来越小，越来越近，越来越快。

红蜻蜓眼前一阵阵眩晕。

下一刻,红蜻蜓已经被书童的手指捏住了。

"姑娘,我捉住红蜻蜓了,给你吧?"

"你太坏了!干吗捉我的红蜻蜓?山田你这个坏蛋!"

小姑娘噘起了嘴巴,朝书童泼水。

书童只好把红蜻蜓放开了。

红蜻蜓松了一口气,飞上了天空。它心想,多么善良的小姑娘啊。

天空蓝莹莹的,一丝儿云彩也没有。

红蜻蜓停在窗子上休息,一边像小姑娘一样,听书童讲故事。

"……蜻蜓勃然大怒,向大蜘蛛咬去。大蜘蛛被咬住了,大叫着,'好痛,好痛,救命啊!'于是,小蜘蛛们蜂拥而来,可是,蜻蜓实在太凶啦,它狠狠地撕咬蜘蛛,把蜘蛛全部杀死了,一只也没有剩下。蜻蜓松了一口气,瞅了瞅自己身上。咦,怎么回事?原来,蜻蜓的身体被蜘蛛血染得通红。这怎么行?蜻蜓飞到泉水里洗澡,但是鲜红的血怎么也洗不掉。蜻蜓去求神明帮助,神明却斥责它说,'你杀死了那么多无辜的蜘蛛,变成了这个样子,是你的报应。'那只蜻蜓就是现在的红蜻蜓。所以,红蜻蜓不是什么好东西。"

书童的故事讲完了。

"我不记得自己做过这么残忍的事啊。"红蜻蜓思索着。

这时，小姑娘大叫起来：

"撒谎，撒谎！山田，你的故事是假的。那么可爱的红蜻蜓，怎么会做这么残忍的事呢？什么蜘蛛，什么鲜红的血——都是假的！"

红蜻蜓开心极了。

书童红着脸走开了。

红蜻蜓离开窗子，落在了小姑娘的肩膀上。

"啊，我的红蜻蜓，可爱的红蜻蜓！"

小姑娘的眼珠乌溜溜的，又晶莹又清澈。

不知不觉中，炎热的夏天过去了。

牵牛花的藤蔓还缠绕在篱笆上，花朵却已经枯萎了。

铃虫开始鸣叫，叫声清透悠扬。

这一天，红蜻蜓又来找小姑娘。

来到别墅，红蜻蜓吃了一惊。因为，一直敞开的窗子，现在已经都关上了。

怎么回事？红蜻蜓正在纳闷，一个人从门口跳了出来。

是小姑娘，那个可爱的小姑娘。

可是，今天小姑娘的脸色显得很悲伤。而且，她穿着漂亮的衣服，戴着她刚来别墅时的那顶红蝴蝶结帽子。

红蜻蜓像平时一样飞了过去，停在小姑娘的肩膀上。

"我的红蜻蜓……可爱的红蜻蜓……我要回东京去了。我们要分别了。"

小姑娘的声音低低的，小小的，仿佛要哭出来似的。

红蜻蜓非常难过，心想："小姑娘，我也想和你一起去东京呀。"

这时候，小姑娘的妈妈，还有曾经捉弄过红蜻蜓的书童都出来了。

"好了，咱们走吧。"

大家一起出发了。

终于，红蜻蜓离开了小姑娘的肩膀，飞到了竹篱笆上。

"我的红蜻蜓，再见！"

可爱的小姑娘一遍又一遍地回过头来，呼唤着。

可是，他们的身影还是渐渐消失了。

从今以后，这里又变成一座空房子了啊——红蜻蜓侧着脑袋，静静地思索着。

很多个寂寞的秋日黄昏中，红蜻蜓停在芒草的花穗梢头，思念着可爱的小姑娘。

一年级小学生和水鸟
一年生たちとひよめ

通往学校的路上,有一个大大的池塘。

一年级的小学生们,每天早晨都要从池塘边经过。

池塘里有五六只叫作鹏鹏的水鸟,黑乎乎地浮在水面上。

每当看到这些鹏鹏,小学生们就会齐声唱起歌来:

鹏鹏哟,

鹏鹏哟,

糯米团子送给你,

请你潜水吧——

于是,鹏鹏们就会把头对准水面,唰地一下钻到水里去。看起来,它们听说可以吃到糯米团子,好像很高兴。

可是,一年级小学生们,并没有送给鹏鹏糯米团子。他们要去上学,没有人带着糯米团子。

小学生们来到了学校。

在学校里，老师告诉大家："同学们，我们不可以说谎。说谎是非常坏的行为。传说，撒谎的人死后，赤鬼就会用铁钳把他的舌头拔出来。我们是不可以说谎的哦。好了，如果听懂了，就举一下手。"

大家都举起了手，所有人都明白了这个道理。

放学后，小学生们又经过了池塘边。

鹬鹬们还在池塘里，它们好像在等待小学生们似的，从水面上朝这边张望。

鹬鹬哟，

鹬鹬哟……

小学生们依照平时的习惯，又唱起歌来。

可是，接下来他们唱不下去了。如果唱"糯米团子送给你，请你潜水吧——"，就是说谎了。说谎是不可以的，今天刚刚学过这个道理，不是吗？

那么，怎么办呢？

如果什么也不唱，直接走过去，那可太不好玩了。而且什么也不唱，鹧鹉们肯定也会觉得没意思。

于是，大家这样唱起来：

"鹧鹉哟，

鹧鹉哟，

没有团子送给你，

请你潜水吧——"

听了孩子们的歌，鹧鹉们精神抖擞，唰地钻到水里去了。

大家都明白了。原来，鹧鹉们并不是因为想吃糯米团子，才钻到水里去的。它们是因为小学生跟自己打招呼，觉得很开心，才钻到水里的。

螃蟹做生意
蟹のしょうばい

　　螃蟹经过慎重考虑，开了一个理发店。以螃蟹的思考能力来说，这是个相当不错的主意了。

　　理发店开业了。可是，螃蟹想："理发店这个生意，实在太闲得慌了。"

　　之所以这么想，是因为还没有一个客人上门呢。

　　于是，理发师螃蟹带着它的剪刀，来到了海边。章鱼正在海边睡午觉。

　　"哎，章鱼，醒醒！"螃蟹叫道。

　　"什么事啊？"章鱼睁开了眼睛。

　　"我是理发师。你需要理发吗？"

　　"你好好看看，我脑袋上有头发吗？"

　　螃蟹仔细端详了一下章鱼的脑袋。真的，脑袋光溜溜的，一根头发也没有。不管螃蟹是多么高明的理发师，也没办法给光溜溜的脑袋理发呀。

　　于是，螃蟹来到了山里。小花狸正在睡午觉。

"哎，小花狸，醒醒！"

"什么事啊？"小花狸睁开了眼睛。

"我是理发师。你需要理发吗？"

花狸是一种非常喜欢恶作剧的动物，它想出了一个捉弄螃蟹的法子。

"好的，你帮我理发吧。不过，你得答应我一个条件。那就是，你给我理完发以后，还要帮我爸爸理发。"

"好，那容易得很。"

接下来，螃蟹大显身手的时候到了。

咔嚓，咔嚓，咔嚓。

可是，螃蟹这种动物体形并不大。与螃蟹相比，小花狸简直是身躯巨大的动物，而且小花狸全身上下长满了又厚又密的毛。所以，螃蟹的工作进展得非常缓慢。螃蟹嘴里吐着泡沫，拼命地挥动着剪刀，整整用了三天，才终于把活儿干完了。

"那么，咱们说好了的，接下来请你帮我爸爸理发吧。"

"你爸爸……请问你爸爸有多大？"

"就像那座山那么大吧。"

螃蟹目瞪口呆，心想，那么大的话，光靠自己一个，怎么干得过来？

于是，螃蟹决定让自己的孩子们都做理发师。不仅是孩子们，还有孙子们、曾孙们，所有的螃蟹，一生下来就要做理发师。

所以，我们在路边见到的螃蟹，哪怕是很小很小的螃蟹，手里也都拿着"剪刀"。

小狐狸阿权
ごん狐

一

　　这是我小时候听村里的茂平爷爷讲的故事。

　　从前,在我们村子附近,有个叫作中山的地方。那里有座小城堡,里面住着一位尊贵的中山大人。

　　距离中山城没多远的山里,有一只小狐狸,名叫"阿权"。阿权是一只孤零零的小狐狸,它在羊齿蕨丛生的森林里挖了一个洞穴,住在里面。白天也好,晚上也罢,阿权喜欢跑到附近的村子里,干些调皮捣蛋的事。有时它跑到田地里把山芋挖得乱七八糟,有时给人家晒的菜籽壳点把火,有时把农家后墙上挂着的干辣椒扯下来,总之五花八门,什么都干过。

　　秋雨绵绵,一连下了两三天,阿权没办法出门,只好趴在自己的洞里。

　　雨终于停了,阿权舒了一口气,从洞里钻了出来。天空一片晴朗，伯劳鸟啾啾地鸣叫着。

阿权来到了村庄的小河堤上。四周的芒草穗子上还挂着晶莹闪亮的雨珠。平时，这条小河并没有多少水，但连下了三天雨以后，水量一下子多了起来。岸边的芒草、胡枝子的根茎，平日里并不会浸到水，现在也倒在浑浊发黄的河里，被水流揉来搓去。阿权沿着泥泞的小路，朝小河的下游走去。

忽然，阿权发现小河里有人正在忙活。阿权悄悄地藏进茂密的草丛里，以免被人发现，然后静静地观察起来。

"原来是兵十呀。"阿权心想。兵十把破破烂烂的黑衣服卷起来，站在齐腰深的河水里，正在晃动一张渔网。兵十的脑门上缠着棉布巾，一片圆圆的胡枝子叶子沾在他的侧脸上，看上去仿佛一颗大黑痣。

过了一会儿，兵十把渔网后端像袋子一样的部分，从水里拖了出来，里面满是草根、叶片和烂木头，乱七八糟地搅成一团。不过，在枯枝烂叶间，有白色的东西闪闪发亮。那是胖鳗鱼的肚皮，是大个头的沙钻鱼的肚皮。兵十把鳗鱼、沙钻鱼和烂叶子一股脑倒进了鱼篓，重新把渔网放回水里。

然后，兵十提着鱼篓上了岸，把鱼篓放在河堤上，自己朝小河上游跑去，也许去找什么东西了吧。

兵十刚一走开，阿权嗖地从草丛中跳了出来，冲到鱼篓旁边。它又想捣蛋了。阿权抓起篓里的鱼，避开渔网所在的方位，朝着小河下游，接二连三地扔了过去。每条鱼都哗啦打着水花,钻进了浑浊的河水里。

最后一条是胖胖的鳗鱼,阿权伸爪去抓,可是鳗鱼滑溜溜的,怎么也抓不住。阿权急了,把头伸进鱼篓里,用嘴叼起了鳗鱼。鳗鱼噗的一声,缠住了阿权的脖子。

就在这时,兵十从远处跑来,大叫:"嘿,你这只贼狐狸!"阿权大吃一惊,腾地蹦了起来,想甩开鳗鱼逃走。可是鳗鱼紧紧缠着阿权的脖子,怎么也甩不掉。阿权横冲直撞,用尽全身力气,拼命地逃走了。

跑到自己窝附近的赤杨树下,阿权回头望去,兵十并没有追来。

阿权松了一口气,把鳗鱼的脑袋咬碎,终于把鳗鱼甩了下来,放在了窝旁边的草叶上。

二

十来天以后,阿权经过农夫弥助家的后门时,看到无花果树下,弥助的媳妇正在把牙齿染黑[1]。经过铁匠新兵卫家的后门时,阿权又看到新兵卫的媳妇正在梳头。"莫非村子里有什么大事?"阿权心想,"什么事呢?秋季庆典?不过要是庆

---

1 在近代之前,日本妇女有使用铁浆将牙齿染黑的传统。

典的话，应该听到鼓声、笛子声，更要紧的是，神社前肯定要升起长条旗的。"

脑袋里转着这些念头，不知不觉中，阿权来到了门前有一个红井台的兵十家门口。此时，这座破旧的小房子里挤满了人。女人们穿着出门的衣裳，腰间别着手帕，正在房前的灶上烧火，大锅里咕嘟咕嘟地煮着什么东西。

"哦，是葬礼。"阿权心想，"兵十家有人去世了？"

过午，阿权来到了村里的墓地，躲在六尊地藏菩萨像的后面。天气非常晴朗，远处城堡的檐瓦闪闪发光。墓地里盛开着彼岸花，像红布一样绵绵伸展开去。"铛——铛——"村庄方向传来了钟声，这是葬礼开始的信号。

不一会儿，隐隐约约的，前方出现了穿白衣的送葬队伍。人声越来越近，送葬队伍走进了墓地，经过之处，踩折了红色的彼岸花。

阿权踮起脚，只见兵十穿着一身白衣裳，手里捧着牌位，平日里那张神气活现、像红番薯一样的脸蛋，今天却是蔫蔫的，无精打采。

"啊，死的是兵十的妈妈。"

一边这样想着，阿权缩回了脑袋。

这天晚上，阿权在自己的洞里思索起来。

"一定是兵十的妈妈卧病在床的时候，很想吃鳗鱼，所以兵十才去放网捕鱼。可是，我却给他捣蛋，把鳗鱼弄走了，兵十没有鳗鱼给妈妈吃。他妈妈没能吃上鳗鱼就去世了。老人临死前还在想，'想吃鳗鱼啊，真想吃鳗鱼啊'。唉，我不应该那样恶作剧的。"

三

兵十正在红井台旁边淘洗大麦。

以前，兵十和母亲两个人相依为命，过着清贫的生活。母亲死后，就剩兵十一个人过日子了。

"兵十和我一样，都是孤零零的。"

阿权藏在杂物房后面望着兵十，心里想道。

阿权离开杂物房，正要到对面去，这时传来了卖鱼声。

"沙丁鱼便宜喽！新鲜的沙丁鱼！"

叫卖声非常响亮，阿权朝声音传来的方向跑去。这时，弥助的媳妇出现在后门口，说"来点沙丁鱼"。卖鱼人把载着沙丁鱼筐的车停在路边，两手抓着亮闪闪的沙丁鱼，拿进了弥助家。

　　瞅着这个空当，阿权从筐里抓出五六条沙丁鱼，掉头跑了回去。它来到兵十家的后门口，把鱼扔进兵十家，然后朝自己的洞穴奔去。半路上，阿权站在山坡上回头张望，看到兵十的小小身影，依然在井边淘洗着大麦。

　　阿权心想，作为鳗鱼的补偿，自己算是做了一件好事。

　　第二天，阿权在山里捡了很多栗子，带到了兵十家。从后门望去，兵十正在吃午饭，他手里端着饭碗，人却在呆呆地出神。奇怪的是，兵十脸上有些伤痕。怎么回事？阿权正在寻思，只听兵十嘟嘟囔囔，开始自言自语：

　　"究竟是谁把沙丁鱼扔到我家的？为了这个，我被人当成了小偷，卖沙丁鱼的那个浑蛋，把我打成这样！"

　　"坏了！"阿权心想。可怜的兵十，被卖鱼人把脸打伤了。

　　阿权悄悄绕到杂物房，把栗子放在房门口，就离开了。

　　第三天，第四天，阿权都捡了栗子送到兵十家。再后

来，不光是栗子，它还采到两三个松口蘑，也送到了兵十家。

四

一个月色皎洁的夜晚，阿权悠闲地出来玩耍。它经过中山大人的城堡下，又走了几步，发现小路那边似乎有人过来。人的说话声隐隐传来，铃虫也在铃铃、铃铃地鸣叫。

阿权躲到小路一侧，静静地一动不动。说话声越来越近，原来是兵十和另一位农夫加助在说话。

"对了，加助……"兵十说道。

"怎么了？"

"这一阵子，我家出了件怪事。"

"什么怪事？"

"自从我娘死后，不知是什么人，每天都给我送东西，栗子、松口蘑什么的。"

"啊？是谁？"

"不知道呀。那人都是趁我不注意，放下东西就走了。"

阿权悄悄跟在两人身后。

"真的吗？"

"当然是真的。你要是不信，明天过来，我给你看看栗子。"

"咦，还有这样的怪事呀。"

两个人都不吱声了。

突然，加助回过头来，阿权吓了一跳连忙停住脚步，缩成一团。加助没有发现阿权，又快步走了起来。两人一直来到吉兵卫家，走了进去。屋子里传来嗒嗒的木鱼声，灯光照在窗户纸上，映出一个光脑袋在动来动去。阿权心想"有人在念佛呢"，便在井台边蹲了下来。过了一会儿，又有三个人结伴走进了吉兵卫家，屋里传出了念经的声音。

五

阿权在井台边一直等到人们念完经，看见兵十和加助一同回去了。阿权想听听两人在聊些什么，就跟在他们身后，踩着兵十的影子一路向前。

走到城堡前，加助开口道："刚才那件事，我觉得吧，一定是神明干的。"

"哦？"兵十吃了一惊，盯着加助的脸。

"我刚才一直琢磨，那绝对不是人干的，而是神明干的。神明看你孤零零的一个人，怪可怜的，就送给你很多东西。"

"是这样的吗？"

"当然是。所以，你应该每天都向神明感恩。"

"嗯。"

阿权心想:"唉,这家伙太不好玩了。明明是我给他送的栗子和松口蘑,他不来感谢我,却去感谢神明,我也太不合算了吧。"

六

第二天,阿权又带着栗子来到了兵十家。兵十正在杂物房里搓草绳,阿权悄悄地从后门进来了。

就在这时,兵十忽然一抬头。咦,那不是狐狸吗?前一阵子偷走鳗鱼的那只贼狐狸阿权,又来捣乱了!

"来得好!"

兵十站起身,取下挂在杂物房里的火枪,装上火药,蹑手蹑脚地走过去,瞄准正要出门的阿权,砰地放了一枪。阿权扑通一声倒了下去。兵十跑上前,却发现屋里的地面上堆着好多栗子。

"啊?"兵十大吃一惊,目光落在了阿权身上,"阿权,是你吗?天天给我送栗子的,就是你?"

阿权已经无力地合上了眼睛,听到这话,点了点头。

啪的一声,兵十手里的火枪掉到了地上,枪口还冒着一缕细细的青烟。

腿
あし

两匹马在窗下酣然午睡。

这时，一阵凉爽的风拂过。一匹马打了个喷嚏，睁开了眼睛。

可是，它的一条后腿睡麻了，摇摇晃晃地站不稳。

"哎呀，哎呀。"

它努力想要站稳，可是那条腿完全使不上劲儿。

它连忙把朋友推醒，叫道："不得了啦，我的一条腿没有了，不知被谁偷走了！"

"可是，腿好好地长在你身上啊。"

"不对，这不是我的腿，是别人的腿。"

"为什么？"

"它不听我的使唤，不会走路。你踢一下这条腿。"

于是，朋友伸出马蹄，嘭地踢了一下它的腿。

"果然不是我的腿，一点儿不疼。如果是我的腿，肯定会疼的。好了，快点帮我找找，看被偷走的腿哪儿去了。"

这匹马自己也跟跟跄跄地到处寻找。

"呀,有一把椅子。或许是椅子偷走了我的腿。对,我踢它一下,如果是我的腿,那就会疼的。"

马抬起一只马蹄,踢了一下椅子腿。

椅子并没有叫疼,其实,椅子什么也没说,就已经被踢坏了。

接下来,马又踢了桌子腿、床腿,嘭嘭地到处乱踢。可是,那些家伙都没有来得及叫一声疼,就坏掉了。

找啊找啊,怎么也找不到那条丢失的腿。

"莫非是这家伙偷了我的腿?"马忽然灵机一动。

于是,它回到朋友身边,瞅准一个机会,嘭地踢向朋友的后腿。

"好痛!"朋友大叫一声,跳了起来。

"看,这就是我的腿。原来是你呀,是你偷了我的腿。"

"你这个蠢马!"朋友铆足了劲儿,也朝它踢来。

"好痛!"

这时,因为腿已经不麻了,它也疼得跳了起来。

这匹马总算明白了,原来自己的腿没有被偷走,它只是麻了而已。

红蜡烛
赤い 蝋燭

　　猴子从山里到村庄玩耍，捡到了一支红蜡烛。红蜡烛并不是常见的东西，猴子把它当成了一个花炮。

　　猴子很宝贝地把红蜡烛带回了山里。

　　山里顿时热闹起来。毕竟，花炮这种东西，无论是鹿、野猪、兔子和乌龟，还是黄鼠狼、花貉狸和狐狸，大家都从来没见过。而猴子恰恰捡来了这么一个花炮。

　　"啊，真棒！"

　　"这可太有意思了。"

　　不管是鹿、野猪、兔子和乌龟，还是黄鼠狼、花貉狸和狐狸，大家你推我挤，争着来看红蜡烛。

　　猴子说："危险，危险，不要靠得这么近。会爆炸的！"

　　大家吃了一惊，慌忙后退。

　　于是，猴子讲给大家听，花炮这东西如何如何发出巨大的声音冲上天空，又如何如何在天空中美丽地撒开焰火。大家心想，这么漂亮的东西，真想看一看哪。

"既然这样，今晚咱们到山顶上放花炮吧。"猴子说。

大家高兴极了，想象着焰火在眼前铺开，仿佛星星撒满夜空，那情景让大家都陶醉了。

夜幕降临，大家满心激动地来到山顶。猴子已经把红蜡烛绑到了树枝上，等待着大家的到来。

终于到了放花炮的时刻。可是，出现了一个问题，那就是，谁也不想去点燃花炮。大家都喜欢看焰火，但都不喜欢去点火。

这样可没法放花炮了。最后，大家抽签决定谁去点花炮。第一个抽中签的是乌龟。

乌龟鼓起勇气，来到了花炮旁边。不过，乌龟能成功地把火点燃吗？不，不能。乌龟一来到花炮旁边，就自然而然地缩回了脖子，根本没办法点火。

于是再一次抽签，这一次轮到黄鼠狼去。黄鼠狼比乌龟强一点儿，没把脖子缩回去。但黄鼠狼是个大近视眼，它在花炮旁边转来转去，怎么也点不着火。

终于，野猪冲了出去。野猪是非常勇猛的动物，它确实非常能干，成功地把火点燃了。

大家大吃一惊，冲到草丛里，紧紧地捂住耳朵。不光是耳朵，连眼睛都捂住啦。

然而，红蜡烛没有发出一点儿声音，只是安安静静地燃烧着。

糖球儿
飴だま

温暖的春日里,女人带着两个幼小的孩子上了渡船。

船马上要出发的时候,从河堤上跑来一名武士。武士挥动着胳膊,叫道"喂,等一下",接着腾地跳进了渡船里。

船开动了。

武士稳稳当当地坐在船的正中央。天气暖洋洋的,不一会儿,他就打起盹儿来。

留着黑胡须、威风凛凛的武士,这会儿头一点一点地打着瞌睡。看到这副情景,孩子们觉得很好玩,哧哧地笑出声来。

妈妈连忙把手指放到嘴边,说:"安静点儿。"

要是武士发怒,那可不得了啦。

孩子们不作声了。

过了一会儿,一个孩子伸出手,说:"妈妈,我想吃糖球儿。"

另一个孩子说:"妈妈,我也要吃。"

妈妈从怀里掏出纸包，可是，只剩下一个糖球儿了。

"给我。"

"给我。"

两个孩子都缠着妈妈要糖吃。可糖球儿只有一个，妈妈为难极了。

"宝宝乖。等一会儿，等船到了岸，妈妈去给你们买。"

妈妈哄着孩子们，可是孩子们依然不停地撒娇，闹着"给我""给我"。

正在打盹儿的武士突然睁开了眼睛，看着正在纠缠妈妈的孩子们。

妈妈大吃一惊，心想武士被吵得睡不成觉，一定生气了。

"乖乖地别吵了。"妈妈安抚着孩子们。

但孩子们根本不听。

这时，武士唰的一声拔出了佩刀，来到母子们面前。

妈妈吓得脸色苍白，护住了孩子们。她以为，武士要砍死这两个吵得他无法睡觉的孩子。

"把糖球儿给我。"武士说。

妈妈战战兢兢地把糖球儿递给武士。

武士把糖球儿放在船舷上，用刀啪地劈成了两半。他说了声"好了"，然后把糖球儿分给了两个孩子。

然后，武士坐回原处，头一点一点地，又打起了盹儿。

喜欢孩子的神明
子どものすきな神さま

有一个小小的神明非常喜欢孩子。神明住在森林里,每天唱唱歌,吹吹笛子,和小鸟、小兽们嬉戏。有时候,他也会来到人类居住的村庄里,和他喜欢的孩子们玩耍。

不过,这位神明从来不在人前显露踪影,所以孩子们丝毫没有察觉。

下了一夜大雪。第二天清晨,孩子们在白茫茫的原野上玩耍。

一个孩子说:"我们把脸印到白雪上吧!"

于是,十三个孩子弯下腰,把他们圆圆的脸蛋贴在白白的雪上。这样一来,雪上留下了一排圆脸蛋的印痕。

"一、二、三、四……"一个孩子数着脸蛋的印儿。

怎么回事?竟然有十四个!孩子只有十三个,脸蛋的印儿不应该是十四个呀。

一定是隐身的神明来到了孩子们身边。而且,神明和孩子们一起,在白雪上印下了自己脸蛋的模样。

顽皮的孩子们面面相觑，用眼神互相示意：我们把神明捉住吧！

"咱们玩打仗游戏吧！"

"玩啊，玩啊！"

于是，最强壮的孩子成为大将军，另外十二个孩子当士兵，大家排成一队。

"立正！报数！"大将军发号施令。

"一！"

"二！"

"三！"

"四！"

"五！"

"六！"

"七！"

"八！"

"九！"

"十！"

"十一！"

"十二！"

十二名士兵一一报数。

第十二个孩子报完数后，明明没有人了，却传来一个声音："十三！"

报数的声音，仿佛玉珠滚动的声响一样好听。

孩子们听到报数声，立刻把第十二个孩子的旁边团团围住，叫道：

"这里，就在这里！把神明捉住！"

神明吓了一跳，一时间不知所措。要是被这些淘气鬼捉到，不知道会多倒霉呢。

神明从一个细细高高的孩子腿下钻了过去，朝森林跑去。可是，他跑得太慌张了，落下了一只靴子。

孩子们从雪地上拾起靴子，那是一只小小的红靴子，还暖乎乎的。

"神明穿这么小的靴子呀。"孩子们开心地大笑。

从那以后，神明很少再从森林里出来了。

不过，他依然特别喜欢孩子们。每当孩子们到森林里玩耍的时候，神明就从森林深处，"哎，哎"地向孩子们打招呼。

丢失的一枚铜币
落とした一銭銅貨

麻雀拾到了一枚铜币。

麻雀开心极了。每当见到别的麻雀,它就说"我有一枚铜币呢",然后把衔在嘴里的铜币放到沙子上,给伙伴们看。

有一天傍晚,天色黑了下来。

"哎呀,玩过头了,太晚了!"

麻雀衔起铜币,匆匆忙忙地朝水车小屋飞去。麻雀就住在水车小屋的屋檐下。

还没到水车小屋,飞到田野上空的时候,由于太慌张,铜币从麻雀口中掉了下去。

"啊,糟了!"

可是,四周已经一片昏暗,麻雀的眼睛看不清楚了。

"明天一早,我再过来找吧。"

麻雀就这么飞回了自己在水车小屋的窝。

那个夜晚非常寒冷,麻雀感冒了。这也难怪,因为夜里下了厚厚的雪。

麻雀的感冒一直不好，它每天裹在稻草里，牵挂着那枚丢失的铜币。

终于，麻雀的病好了，它立刻去寻找自己的铜币。田野里还覆盖着积雪。

麻雀站在雪上问道："我的铜币，我的铜币在下面吗？"

积雪下面传来了一个声音："不，不，铜币不在这里。"

麻雀又来到另外的地方，问道："我的铜币，我的铜币在下面吗？"

积雪下面又有一个声音答道："不，不，不在这里。"

麻雀在田野里转来转去，到处寻找。

终于，有一个声音回答说："对，对，铜币在这里。等雪融化了，你就过来拿吧。"

积雪融化以后，麻雀又来到田野的那处地方。铜币果然好好地在那里呢。

只见田野里到处都是新生的款冬花茎，告诉麻雀铜币下落的，大概就是这些款冬花茎吧。

山丘上的铜像

丘の銅像

小山丘的脚下，坐落着一个美丽、宁静的村庄，村庄里住着一位名叫汉斯的诗人。

汉斯经常站在小山丘上，眺望着美丽的村庄，放声歌唱。他也经常来到牧场，凝视着温顺的羊群，写下诗句。举国上下，没有一个人不知道汉斯的诗。

有一次，国王从小村庄旁边经过，听说汉斯住在这里，便特地赶来看望这位著名的诗人。连国王陛下都如此尊重汉斯，村里人对汉斯的崇敬自然更不必说了。因此，当汉斯垂垂老去，升入天国之后，村里人商量一番，决定为汉斯铸造一座铜像，永远纪念这位诗人。

三个月后，山丘上的榆树下，矗立起一座堂皇的汉斯铜像。铜像和汉斯一般高，面容和身姿都和汉斯生前一模一样。村里人每次抬头望见铜像，就会想起汉斯生前在牧场的栅栏旁，久久地凝视羊群时的情景。

很多年过去了。

汉斯在世时还是小婴儿的那一代人，如今，他们的头发已经像雪一样白，正照料着自己的孙儿。他们一边照看孩子，一边哼着汉斯写下的摇篮曲。当孙儿们缠着他们讲"从前的故事"时，老人们就把诗人汉斯的故事讲给孩子们听。

那之后又过了很多年，村庄里再也没有人知道汉斯了。但是，汉斯的铜像依然站在山丘上，微笑着俯视村庄。

有一天，一个村民来到教堂，向牧师问道："山丘上的那座铜像，到底是什么人呢？"

年老的牧师回答道："那是一位伟大的诗人，名叫汉斯。在我爷爷的爷爷的年代，哦，还要更早一些，他住在这个村庄。"

当时，这个国家暴发了一场凶猛的瘟疫。瘟疫像巨鸟的黑色阴影，降临山丘下的美丽村庄，村里不断地有人死去。如果不是一位名叫赫德的伟大医生拼命抗争，村里人或许会

一个不剩,全部死于这场瘟疫。正是这位赫德医生,发现了瘟疫的致病细菌,将人们从病魔手里拯救出来。不仅是村庄的人们,整个国家的人都得救了。所以,人们的喜悦简直无法描述。

然而,正当大家沉浸在喜悦之中时,赫德医生却因为疏忽,致使病菌进入了眼睛,不幸逝世了。

村里人聚集到一起,商量道:

"像赫德医生这么伟大的人,我们永远不应该忘记。"

"为赫德医生立一座铜像吧!"

于是,大家决定为赫德医生铸造一座铜像。但是,刚刚经历过瘟疫,整个村庄一贫如洗,没有人能拿出钱来。没有钱,自然没办法建铜像,大家都一筹莫展。

这时,鞋匠老爷爷提议道:

"有了,我们把山丘上的那座铜像,直接改成赫德医生的铜像就行了。大家说呢?"

大家都觉得,这个主意太高明了。这就完全不需要花钱了,况且,原来那座莫名其妙的铜像,还是没有了最好。

一个星期后,山丘上的铜像的下巴上,新添了一副胡须。因为,赫德医生的下巴是有胡须的。每当村里人抬头望见铜像,就会满怀感慨地想起赫德医生在池沼边搜寻药草的身影。

接下来的十年间,村里只有一个人罹患过这种可怕的传染病。人们连忙熬了赫德医生教给大家的药草汤，让病人服了下去。只过了两三天，病人就痊愈了。于是，人们把这种药草命名为"赫德草"。

　　春天来了，赫德草发出绿色的嫩芽；秋天到了，赫德草又枯萎凋零。就这样，几十年、几百年的岁月匆匆而过。山丘下那小小的、美丽的村庄，还和从前一模一样，可是，村里的人们却再也没有人知道赫德医生，提起赫德，人们只会立刻想到一种草。山丘上那座蓄着胡须的铜像，也没有人知道那就是从前的赫德医生。

　　可是，铜像和从前毫无分别，静静地站在榆树荫下，含笑望着村庄。

　　后来，这个国家和邻国之间爆发了激烈的战争，村庄里许多健壮的年轻人都上了战场。战争迟迟没有结束。邻国的国土广大，人口众多，源源不断地将新兵送上战场，这个国家渐渐显现出战败的征兆。巨大的爆炸中，众多战士像狂风中的纸片似的纷纷倒下。就在祖国面临战败的生死关头，一位名叫佩德罗的年轻指挥官，在马背上展现出卓越的军事才华。在佩德罗的指挥下，战士们重振士气，终于击溃了强大的敌人。

　　然而，战争结束时，人们发现，佩德罗已经和他的战马一起阵亡了。人们传颂着"佩德罗，佩德罗"，年轻的佩德罗顿时声名鹊起。这位佩德罗不是别人，正是从山丘下的美丽村庄里走上战场的年轻人中的一个。

"我军的胜利,都是佩德罗的功劳。"这一消息传到了小村庄,村子里顿时沸腾起来。人们望眼欲穿,盼望着佩德罗和他的伙伴们早日凯旋。

山丘上的铜像旁边有个放哨人,他每天眯着眼睛眺望远方。可是,放哨人的视野中,始终没有浮现出胜利而归的年轻人的身影。终于,一天傍晚,红红的夕阳将微弱的光芒投向大地,路上出现了一个孤零零的身影。那人拄着拐杖,拖着长长的影子,一步一步地走了过来。他就是村里出征的年轻人之一,是酒馆老板的儿子。

酒馆老板的儿子告诉大家:"上战场的年轻人都死了,佩德罗也阵亡了。"听到这个消息,村里人像看了一场哀伤的戏剧之后那样,连连摇头,窃窃私语。

"多亏了佩德罗,我们国家才取得了胜利。佩德罗是我们的英雄。"

"为佩德罗建立一座铜像吧!"

"对,就这么办。"

人们议论纷纷。

不过,要为佩德罗建立铜像,必须铸造一匹马。因为佩德罗是骑马驰骋在战场上的,而且,他又和战马一同阵亡。可是,要铸造一座马背上的佩德罗铜像,费用实在太大,肯定没法凑齐那么一大笔钱。于是,一位小学老师想出了一个高明的主意。

那就是，可以将山丘上原有的铜像直接改成佩德罗，只需要新铸一匹马就好了。我们可能觉得这主意没什么稀奇，毕竟，以前人们就曾经把诗人汉斯的铜像直接改成赫德医生，现在只是如法炮制。可是，要知道，现在人们根本不晓得有过这么一回事。他们既未听说过汉斯，也未听说过赫德，更不必说汉斯铜像变成赫德铜像的往事了。

大家一致同意了小学教师的提议。为了铸造战马，他们挨家挨户地募集捐款。

"多亏了佩德罗，国家才能取得胜利。佩德罗战死了，和他的马一起阵亡的。佩德罗是多么优秀的年轻人啊。为了建立佩德罗铜像，请捐一些钱吧。"

筹款人如此这般地说着，一户一户走遍了村庄。许多村民欣然捐出了钱。

然而，村里还有许多父母，他们也在战争中失去了自己的儿子。当筹款人请这些父母捐钱时，他们愤愤不平地说：

"什么呀，一口一个佩德罗、佩德罗。难道只有佩德罗一个人为国捐躯吗？我儿子也光荣地战死了。说什么佩德罗和战马一起阵亡，那又怎么样？他还有马骑，光是这个就舒服多了。我儿子连马都没有，全靠着两条腿，受尽了辛苦，最后还战死了。要是给我儿子立铜像，让我出多少钱都行。给什么佩德罗立铜像，一分钱我也不出！"

因为这个缘故，募捐来的钱并不像起初想象的那么多。所以，虽说人们一开始计划造一座与真马同样大小的铜像，最后却只能造一座像狗一样大小的了。

　　大约过了一个月，小山丘上出现了一座奇特的铜像。那是一座年轻军人的铜像，双腿跨着一匹小小的马，站立在山丘上。马太小了，而人又太大，使得马看上去就像钻在人胯下的一条狗。

　　年轻军人就是赫德医生变成的佩德罗。佩德罗下巴上没有胡须，人们就把赫德医生的胡须弄掉，取而代之的，是在佩德罗唇上新添了一副挺翘的恺撒胡，颇具军人的风采。

　　每天一早一晚，村里人仰望那一人一马的铜像，就会想起在纷飞的炮火中，佩德罗策马奔驰，大呼"前进！为了祖国！"。然后，人们说一声"啊，感谢上帝"，开始吃早餐或晚饭。

　　佩德罗的忌日是十月四日。每年到了这一天，村里的人们都会停下工作，来到教堂诵读《圣经》。这一天被称为"佩德罗日"。

　　就这样，很多年过去了。佩德罗的事迹仿佛门上的一根钉子似的，已经被人们淡忘了。小学生们在学校里，听老师讲起"从前有一个名叫佩德罗的伟大战士，凭借他卓越的指挥才能，使我军获得了重大胜利"。

　　有一天，小学生们在老师的带领下，到小山丘上远足。

一个小学生指着榆树下的铜像，问道：

"老师，这个人不是佩德罗吧？"

"佩德罗怎么可能这副样子？你看这人，嬉皮笑脸，腿下还跨着一条狗，佩德罗可不是这种怪模样。佩德罗就像亚历山大大帝，是气宇轩昂的军人。"老师说道。

小学生们都觉得，老师说得很有道理。

佩德罗本人虽然被遗忘了，但"佩德罗日"还留在村里人的生活中。就像汉斯和赫德虽然被遗忘了，但赫德草和汉斯的摇篮曲却依然存在。

不过，至于这一天为什么叫作"佩德罗日"，却没有一个人知道。即便是村庄里最博学的牧师，对此也是含含糊糊。当人们问起来，牧师说，好像是从前有位基督的弟子，名叫佩德罗，这一天可能是他出发去希腊传道的日子。

一天夜里，当整个村庄都沉入了梦乡时，一条狗在浓雾深处汪汪地吠个不停。第二天早晨，人们听说昨天夜里，强盗闯进了村里最有钱的地主家。强盗只有一个人，蓄着挺翘的恺撒胡，活像圣诞老人，顺着熄了火的烟囱潜入了地主家，所以脸看上去仿佛铜像一般。强盗啪啪地敲地主卧室的门，地主还以为女佣有什么事，没有理睬继续睡觉。

"谁能想到，那是强盗哇。"事后，地主对人们说。

强盗从地主家抢了一捆钞票，正要从大门出去，却被勇敢的看门狗奈哈特发现了。奈哈特对着强盗狂吠，强盗发了慌，赶紧逃走。看门狗紧追不舍，最后，强盗杀死了看门狗，自己逃之夭夭。忠诚的看门狗奈哈特勇敢地抓捕强盗，直到献出自己的生命。

地主感动极了。他忽然想起，那强盗的模样跟铜像非常相似。地主由此想到，一定要为忠犬奈哈特立一座铜像。地主和村里人商量，大伙儿认为很有道理。这么英勇的看门狗，理应让它的事迹流传后世。

"所以说，诸位，做事就要靠商量嘛。"地主对大伙儿说，"至于现在山丘上那座莫名其妙的铜像，请交给我来处理吧。我要在那座铜像的原址上，建立忠犬奈哈特的铜像。"

有人立刻想道："哈哈，这个贪心的地主，肯定想把原来的铜像毁掉，用那些铜再铸新的。"可是，很多人都租种着地主的田地，要是提出反对，万一地主要自己归还土地就糟了。于是，大伙儿都低着头，默不作声。

过了约莫一个月，听说山丘上的忠犬铜像完成了。村里人像赶集一样，兴冲冲地聚到了山丘上。

铜像上严严实实地盖着雪白的布，看那铜像的规模，如果是一只狗的话，未免太大了些。

不一会儿，地主身穿燕尾服，头戴大礼帽，手里拿着竹鞭，出现在铜像的台子上。他唰地揭下白布，原来白布下面并不仅仅是忠犬的像，甚至还有一座强盗的铜像。

"大家好，心地善良的乡亲们。"地主说道，"为了清楚地描绘那个夜晚的情景,也为了表现忠犬奈哈特是如何勇敢战斗的,我把强盗也放在了铜像里。请诸位仔细看,这就是强盗。他的面孔多么凶恶,还蓄着直挺挺的恺撒胡。"

说着,地主用鞭子头指着铜像。

"哎呀,多么可怕的家伙!简直像恶魔一样。从来没见过这么吓人的胡子。"

村民们看着佩德罗的胡须,窃窃私语。——没错,强盗铜像就是从前的佩德罗像。

"诸位,请仔细观看,这就是奈哈特,我的爱犬,而且还是忠犬。这勇猛的姿态,很棒吧?此刻,它正要咬向强盗的腿。请仔细看,这是眼睛,这是耳朵,这是前腿,这是后腿。"

村民们盯着奈哈特那扑向强盗的身影。

"诸位,奈哈特真是一条优秀的狗。它四肢修长,脖颈挺拔……"地主用竹鞭指着狗的脖颈,那里还残留着鬃毛的痕迹。这座狗的铜像,正是由佩德罗战马的铜像稍稍改动而成的。

"最后还有一件事，前一阵子我糊涂了，忘记告诉大家，今天必须在此说明。那就是，我并非白白地被抢走钱，自己却一声不吭。诸位，请上前一步，瞪大眼睛，仔细观察强盗的脑门。"

佩德罗的额头，哦，现在是强盗的额头上，深深地刻着一道伤口。那伤口很长，而且足有五厘米深，显然是一道致命伤。

"我把钱递给强盗，用左手悄悄拿起斧子，哪地给他来了一下，正砍在他的脑门上。"

就这样，忠犬奈哈特的铜像立在了山丘上。从那以后，当村里人夸赞一条好狗的时候，就说"奈哈特那样的狗"。

然而，忠犬奈哈特也好，强盗也罢，以及地主的记忆，都抵挡不住流水般的漫长时间。不知不觉中，这些记忆像月夜中的影子一般，从村庄里消失得无影无踪。唯有"奈哈特那样的狗"这一说法流传了下来，但奈哈特究竟是何来历，人们却一无所知，也并不想知道。这与汉斯的摇篮曲、赫德草，以及佩德罗日，恰恰是同样的道理。

教堂是村庄里最古老的建筑，彩绘玻璃已经被熏黑，基督降生的壁画旁边，粘着一个多年以前的燕子窝。钟楼的楼梯吱嘎作响，听着让人心惊胆战，谁也不敢踩上去。于是有一年，人们凑到一起，商量着重建教堂。此时村庄已经变得很大，很久以前赫德医生寻找药草的地方，现在都建起了房屋。而且,由于多年和平,村里人的生活非常富裕。

商量的结果,人们决定在山丘上的铜像那里,建造一座新教堂。

这样的话,先得把那座怪模怪样的铜像拆除。不过,铜像当然不能丢弃,因为可以用来铸造教堂钟楼上悬挂的钟。

铜像被放在马车上,拉下了山丘,咔嗒咔嗒地运到了邻村的铸造师那里。在铸造师的工作间里,强盗和忠犬奈哈特被塞进同一座熔炉,熔到了一起。然后,这些铜被铸成了一套七口大钟。

起初,铜像是诗人汉斯,然后变成了医生赫德,接下来又变成了军人佩德罗,后来又变成了可怕的强盗,最后成了七口大钟。

山丘上建起了一座壮观的教堂。当人们将七口大钟挂到钟楼上,美妙的钟声响起的时候,人们的心中浮现出了神的国度。

花木村和盗贼们
花のき村と盗人たち

一

从前，有五个强盗来到了花木村。

那是一个初夏的中午，新竹向天空舒展着细嫩的绿芽，松蝉在松林中"吱——吱——"鸣叫。

盗贼们沿着河流，从北边过来，摸到了花木村的村口。那里是一片绿色的原野，生长着酸模和苜蓿，孩子们正和耕牛在原野上玩耍。看到眼前的景象，盗贼们知道这是一个安宁的村庄。他们美滋滋地想，在这样的村子里，一定有人家里放着金钱和贵重的衣裳。

小河从竹林下流过，咕噜咕噜地转动着一台水车，然后流入了村庄深处。

来到竹林边，盗贼的首领说道：

"我在竹荫下等着，你们到村子里摸摸底。你们毕竟刚当上盗贼，小心别搞砸了。如果看到像是有钱的人家，要仔细查看他们家哪扇窗户坏掉了，有没有看门狗。明白了吗，釜右卫门？"

"明白！"釜右卫门答道。

直到昨天，釜右卫门还是一个走街串巷的锅匠，专门打造饭锅、茶釜之类。

"海老之丞，明白了吗？"

"明白！"海老之丞答道。

直到昨天，海老之丞还是一个锁匠，为家家户户制造库房、衣箱上的锁。

"角兵卫，你呢？"

"明白！"角兵卫答道。

角兵卫还是个少年。他来自越后这个地方，本是一名跳狮子舞的艺人。直到昨天，他还在人家门口拿大顶，翻筋斗，得到一两文赏钱。

"刨太郎，你呢？"

"明白！"刨太郎答道。

刨太郎来自江户，是木匠的儿子。直到昨天，他还在观摩各地寺院和神社的大门，学着做一名木匠。

"好了，去吧！我是老大，在这里抽上一袋烟，等你们回来。"

于是，盗贼的徒弟们出发了。釜右卫门装作锅匠，海老之丞装作锁匠，角兵卫像狮子舞艺人那样呜呜地吹着笛子，刨太郎装作木匠,大伙儿混进了花木村。

看到徒弟们都走了,首领一屁股坐在河边的草地上。像刚才说的那样,他吧嗒吧嗒地抽起烟来,摆出一副盗贼面孔。从很早以前,他就干些偷盗、放火的勾当,是个真正的盗贼。

"直到昨天,我还是个孤零零的盗贼。今天,我还是头一回当老大呢。不过,当老大的滋味真不错。活儿让徒弟们去干,我躺在这里等着就好了。"

盗贼首领闲来无事,无聊地自言自语。

不一会儿,徒弟釜右卫门回来了。

"头儿,头儿!"

盗贼首领唰地从蓟花旁直起身来:"哎哟,吓了我一跳。不要'头儿,头儿'的,听起来像鱼头似的。叫'老大'就行了。"

刚当上盗贼的徒弟道歉说:"实在对不起。"

"村子的情形怎样?"首领问道。

"是,好极了,老大!有,有!"

"有什么?"

"有大户人家。他家的饭锅能煮三斗米,真是个大锅,值好多钱哪。还有,寺庙里挂的那口钟,个头也不得了,熔了那口钟,能造五十个茶锅。不,我决不会看走眼。你要是觉得我在吹牛,等我造给你看。"

"胡说八道,瞎吹什么!"首领训斥道,"你这个锅匠,毛病还没改掉！有你这样的蠢货吗，就知道看什么饭锅、吊钟！你手里拿着那东西干吗？那口破锅！"

"是，经过一家门口时，我看见罗汉松篱笆上挂着这口锅。我一看，锅底破了个洞，就忘了自己是个盗贼。我对那家的太太说，给我二十文钱，我能把锅补好。"

"蠢货，你现在做的是盗贼买卖！就是因为，你没有牢牢记住这一点，才会干出这种蠢事。"盗贼首领摆出一副真正的领袖模样，教训着徒弟。

接着，首领命令道："你再摸进村里，这回一定要仔细探查！"

釜右卫门晃晃悠悠地提溜着那口破了洞的锅，再一次走进了村子里。

接下来，海老之丞回来了。

"老大，这村子太糟糕了。"海老之丞没精打采地说。

"为什么？"

"所有的库房都没有一把像样的锁。那些破锁，小孩子都能一把拧断。这样看来，根本没法在这里做买卖嘛。"

"在这里做买卖？什么意思？"

"那个……锁匠的……买卖。"

"你也改不了锁匠的臭毛病！"首领怒吼道。

"是，非常抱歉。"

"就是这种村子，我们才好做买卖，不是吗？又有库房，上面的锁连小孩子都能拧断，还有比这里更适合做买卖的地方吗？笨蛋！回去再好好看看！"

"是，就是。正是这样的村子，才最适合做买卖嘛。"

海老之丞满心佩服，又去了村子。

接下来，回来的是少年角兵卫。由于角兵卫边走边吹笛子，所以他刚走到竹林对面，还没看到踪影，首领就知道他回来了。

"怎么呜啦呜啦吹个没完？我们做贼的，尽量不要发出声音。"首领责备道。

角兵卫连忙止住了笛子声。

"说吧，你看到了什么？"

"沿着这条河一直往前，有一个小房子，院子里开满了花菖蒲。"

"然后呢？"

"一个老爷子坐在屋檐下，他的头发、眉毛和胡须都雪白雪白。"

"那个老爷子的模样，像不像在廊下埋了个金币罐子？"

"老爷子在吹竹笛。笛子一点儿也不起眼，声音却动听极了。我还是第一次听到那么神奇的、美妙的声音。看我听得入了迷，老爷子笑眯眯的，吹了三首长曲子给我听。为了表示感谢，我一连翻了七个筋斗给他看。"

"然后呢？"

"我称赞笛子真不错。老爷子告诉我有一处竹林,那里的竹子特别适合做笛子,他的笛子就是用那里的竹子做成的。于是,我就去老爷子说的竹林看了看,果然是上好的笛竹。总共有好几百根,长得十分茂密。"

"从前,据说竹林里曾经有金子闪闪发光。怎么样,有没有看到金币什么的落在地上?"

"接着,我沿着河继续往下走,看到一座小小的尼姑庵。那里正在举行祈祷丰年的'花挠大典',庭院里挤满了人,正把甜菊茶浇到释迦佛祖像上。那尊佛像,只有我的笛子这么大。我也朝佛像上浇了很多甜菊茶,自己又喝了好多。要是有茶碗的话,我还能给老大您带一些回来。"

"唉,多么纯良的盗贼啊。在人群里,你应该留心的是人们的怀里和袖兜。你这呆子,给我再去探查一遍,把笛子留在这里!"

角兵卫挨了训斥,把笛子放在草丛里,又往村子里去了。

最后回来的是刨太郎。

"你这家伙,估计也没探到什么有用的消息吧。"没等刨太郎说话,首领就开口了。

"不,村里有大财主,大财主!"

刨太郎的声音里满是兴奋。一听说有大财主,首领脸上也露出了笑容。

"嗯?大财主?"

"大财主,大财主。那宅子富丽堂皇,气派极了。"

"噢。"

"就说客堂的天花板吧,竟然是整块的屋久杉[1]板!要是我爹看到那块杉木板,不知道该有多喜欢哪。想到这些,我就看得入了迷。"

"哼,没意思。莫非你还能把天花板卸下来?"

刨太郎这才想起,自己是盗贼的徒弟。作为盗贼的徒弟,自己实在太不机灵啦。刨太郎难为情地低下了头。

于是,刨太郎也再次走进了村子里。

"唉,唉。"只剩下自己一个人后,盗贼首领仰面朝天倒在了草地上,叹息道,"没想到,当盗贼的头儿,真不是省心的买卖呀。"

---

1 屋久杉是指生长于日本鹿儿岛县屋久岛上的杉树,是著名的优质木材。

二

就在这时，忽然传来了孩子们的喧哗声：

"抓贼！"

"抓贼！"

"喂，干掉他！"

虽说是孩子的声音，可是听到这种叫喊，身为一个盗贼，不可能不大吃一惊。盗贼首领嗖地跳了起来，一瞬间，两个念头掠过他的心头：应该跳到河里逃向对岸，还是钻进竹林躲藏起来？

然而，孩子们挥舞着绳子头和玩具捕棍，一溜烟儿地跑远了。原来，他们正在玩抓小偷游戏。

"怎么，是小孩子在玩啊。"盗贼首领一下子松懈下来，"就算是玩游戏，抓小偷也不是什么好游戏嘛。现在的小孩子，完全没个正形。他们的前途，真让人担忧哇。"

虽说自己就是个盗贼，首领却这般自言自语。他刚要再躺回到草地上，只听身后有人叫他：

"大叔。"

首领回头一看，原来是一个约莫七岁的可爱小男孩。男孩牵着一只小牛犊，正站在他身后。男孩眉目清秀，手脚白净，看上去不像是农家的孩子。或许是大户人家的小少爷，跟着下人到田地里玩，缠着下人把小牛犊给他牵。不过奇怪的是，男孩白嫩的小脚丫上，穿着一双小小的草鞋，仿佛是出远门的人的装束。

"你帮我看一下牛吧。"男孩说道。

没等盗贼首领开口，男孩快步走上前，把红色缰绳递到了首领手里。

盗贼首领动了动嘴巴，刚想说什么，男孩已经跟在那群孩子后边跑了。为了追上那群孩子，穿草鞋的男孩根本没有回头。

稀里糊涂地得了一头小牛犊，盗贼首领嘿嘿笑着，看了看小牛犊。

通常来说，小牛犊都是欢蹦乱跳，看管起来麻烦得很。可是这头小牛犊却十分温顺，眨巴着一双水汪汪的大眼睛，毫无戒心地站在盗贼首领身边。

"嘿嘿嘿……"

笑声从盗贼首领的肚子里涌上来，怎么也止不住。

"这样一来，我可以跟徒弟们炫耀一番了。那些家伙呆头呆脑地在村子里转悠，我已经偷了一头小牛犊。"

然后，他又嘿嘿地笑起来。笑得太厉害了，连眼泪都流了出来。

"唉，像什么样子。笑得太狠了就掉眼泪。"

可是，眼泪流啊流啊，怎么也停不下来。

"哎哟，怎么回事？我居然在流眼泪，这不就像是哭了一样吗？"

是的，盗贼首领真的哭了。他太开心了。

"直到今天，我一直被人冷眼相待。我路过的时候，人们关上窗，放下帘子，就差没嚷嚷'不得了，坏蛋来了'。我朝他们打招呼，那些人本来正笑嘻嘻地聊天，忽然好像想起了什么事，背过身去了。哪怕是浮在水面上的鲤鱼，只要我往岸边一站，那鱼立刻一翻身，沉到了水底。有一回，我看到一只小猴子坐在耍猴人的背上，我给它柿子吃，那猴子一口没吃，把柿子丢到了地上。所有人都讨厌我，所有人都不信任我。可是，那个穿草鞋的孩子，却把小牛犊交给了我这个盗贼。他觉得我是个好人。小牛犊也是，一点儿不讨厌我，乖乖地靠在我身边，仿佛我是母牛似的。小孩子也好，小牛犊也罢，都信任我。我这个盗贼，还是第一回遇到这样的事。被人信任的感觉，真开心啊……"

就这样，此时的盗贼首领，拥有了一颗美好的心灵。小孩子时的他，曾经有过这样的心灵，但在后来的漫长日子里，他的心一直是脏污邪恶的。时隔很久，他再次有了美好的心灵。这奇妙的情形，正像是忽然脱下满是污垢的破旧衣服，换上美丽的盛装一样。

盗贼首领的眼泪一直流个不停，就是这个缘故。

不一会儿，天色渐晚，松蝉停止了鸣唱，白色的暮霭从村子里静静地飘来，弥散在原野上。孩子们跑远了，"好了""明天见"的说话声，与别的声音混杂在一起，隐隐约约地传了过来。

盗贼首领感觉到，自己已经在等待那孩子回来。等孩子回来时，自己就说"喏，给你"，一点儿不像个盗贼，高高兴兴地把小牛犊还给孩子。

可是，孩子们的声音消失在了村子里，穿草鞋的小男孩却再没有回来。悬在村庄上空的月亮，仿佛是磨镜人刚刚打磨好的一面新镜子，散发出明亮的清辉。远处的森林里，猫头鹰两声一停地鸣叫着。

小牛犊好像肚子饿了，凑到盗贼首领身边蹭来蹭去。

"我也没有办法呀。我又没有奶给你吃。"

盗贼首领说着，抚摸着小牛犊背上的花斑。泪水又从他的眼睛里涌了出来。

就在这时，四个徒弟回来了。

三

"老大，我们回来了。咦，这头小牛犊是怎么回事？哈哈，老大果然不同凡响。我们去村里探路的工夫，老大已经干了一笔买卖啦。"釜右卫门看着小牛犊，说道。

盗贼首领扭着身子，免得被人看见自己流过泪的脸，说:"嗯,我也想这么说,在你们面前夸耀一下。不过,其实不是这么回事。这里面有个缘故。"

"哎,老大,莫非那是……眼泪?"海老之丞压低了声音问道。

"眼泪这玩意儿,一旦出来,就流个不停。"盗贼首领用袖子擦擦眼睛。

"老大,有个好消息。这一回,我们四个成了正儿八经的盗贼,踏踏实实地到处探查。釜右卫门瞅准了五户人家里有黄金茶锅;海老之丞仔细观察了五间库房的锁,确定只要用一根弯曲的钉子就可以撬开;我这个木匠,发现用这把锯子,就能轻松弄开五户人家的后门;角兵卫也自有一套,他发现有五道院墙,只要穿上高齿木屐就能跳过去。老大,我们干得不错吧?"

刨太郎兴致勃勃,干劲儿十足。盗贼首领却没有理他,说道:

"那孩子让我看管小牛犊,可是直到现在,还不见他回来,我实在等不及了。劳烦你们,帮我分头去找一下那孩子。"

"老大,你是说,要把到手的牛犊还回去?"釜右卫门一脸难以置信。

"是的。"

"盗贼也干这样的事吗?"

"其中有个缘故。只这一回,给他还回去。"

"老大，请现实一点，有个盗贼的样子吧！"刨太郎说。

盗贼首领苦笑着，把事情原委仔细地说给徒弟们听。听了其中的缘由，徒弟们都理解了老大的心思。

于是，徒弟们决定去寻找那个孩子。

"是一个穿着草鞋、七岁左右的可爱小男孩，是吧？"

四个徒弟确认过以后，分头去找小男孩。盗贼首领也待不住了，牵着小牛犊也去寻找。

月光下，野蔷薇和水晶花那洁白的花朵隐约可见。五个大人牵着一头牛犊，在夜色中的村子里转来转去，寻找着小男孩。

那孩子或许还没玩够捉迷藏，正躲在某个地方吧。盗贼们到蚯蚓低鸣的佛堂廊下找过，到柿子树上找过，到杂物房里找过，到散发着芬芳气息的蜜橘树下找过……他们还向人询问小男孩的去向。

然而，小男孩依然踪影皆无。村民们点上灯笼，就着火光端详小牛犊，发现村子里并没有这么一头牛犊。

"老大，这么搞的话，找一晚上也没用，算了吧。"

海老之丞累坏了，坐到路旁的石头上。

"不，无论如何都要找到那孩子，把牛犊还给他。"盗贼首领不肯罢休。

釜右卫门说："已经没什么法子了。哦，只剩下一个办法，就是去报告村吏。可是老大，你肯定不愿意去吧。"

所谓的村吏，用现在的话说，相当于岗亭里的巡警。

"嗯，是吗？"

盗贼首领陷入了沉思。他抚摸着牛犊的脑袋，过了一会儿，终于开口道：

"那就去吧！"

话音未落，他已经迈出了脚步。徒弟们大吃一惊，但也只能跟在后面。

一边打听着，五个人找到了村吏的家。出现在他们面前的，是一位眼镜快要滑到鼻尖上的老人。盗贼们放下心来，既然是个老人，那么就算有什么情况，撞开他逃走就是了。

盗贼首领讲了小男孩的事，说："我们找不到那个孩子，正在发愁。"

老人打量着五个人的面孔，问："你们几个，我从来没见过。你们从哪儿来的？"

"我们是从江户来的，一路往西到了这里。"

"你们不会是盗贼吧？"

盗贼首领慌忙说："不，不，怎么会？我们都是走四方的手艺人，是锅匠、木匠、锁匠什么的。"

"哦，哎呀，我这话问得唐突，请勿见怪。你们当然不是盗贼，盗贼怎么可能把东西还回来呢？要是盗贼的话，人家让他看管东西，肯定暗暗高兴，趁机据为己有。哎呀，难得你们如此善良，特意把牛犊送来，我还胡乱猜疑，真是抱歉。我大概因为一直干这个差事，养成了怀疑人的毛病。只要见到一个人，我就会猜测，这人是不是骗子，是不是小偷。不要见怪啊。"

老人解释了一番，给五个人道了歉。然后，他收下牛犊，让仆人牵到杂物房去。

"远路过来，大伙儿都累了吧？正好，我这里有一瓶好酒，是西边大宅院的太郎老兄送我的。我正打算坐在廊子上，一边赏月一边喝酒。大伙儿来得正好，一起喝一杯吧。"

好客的老人说着，把五个人请到了廊子上。

于是，大家一起喝起酒来。五个盗贼和一名村吏都一脸轻松，仿佛是结交了十多年的老朋友，愉快地谈笑风生。

盗贼首领察觉到，自己眼里又涌出了泪水。

看到他的模样，老村吏说：

"看来，你是一喝酒就哭。我是一喝酒就笑，尤其是看到有人哭的话，我就会笑得更厉害。你可别见怪啊，我要笑了。"

说着，老人张开嘴哈哈大笑。

"哎呀，眼泪这东西，真是止都止不住。"盗贼首领眨巴着眼睛说。

然后，五个盗贼道了谢，离开了老村吏的家。

出了大门，来到柿子树跟前，盗贼首领忽然停住脚步，仿佛想起了什么。

刨太郎问："老大，你落下什么东西了吗？"

"嗯，我落下东西了。你们跟我一起来。"

说着，盗贼首领带着徒弟们，再次走进了村吏家。

"老人家……"盗贼首领跪在廊上，双手触地。

老人笑了："怎么了，很沉痛的样子嘛。酒后痛哭的大招要使出来了，哈哈哈。"

"说实话，我们是一伙盗贼。我是头儿，他们是徒弟。"

听到这句话，老人瞪大了眼睛。

"唉，难怪您会吃惊。其实，我本来没打算坦白，可是您老人家心地善良，把我们当成正经人，信任我们。这样一来，我没法再欺骗您老人家了。"

接着，盗贼首领把迄今为止所干的坏事，一股脑地说了出来。最后，他说：

"不过，这几个人昨天才当上我的徒弟，还什么坏事也没干。求您慈悲，放过他们吧。"

第二天一早，锅匠、锁匠、木匠和狮子舞艺人从花木村出来，各自赶往不同的地方。四个人低头向前，都在思索着老大的事。老大是一个好首领，正因为他是好首领，他最后说的那句话"千万不要当盗贼"，自己一定要照办。

角兵卫从河边的草丛里捡起竹笛，呜呜地吹着笛子，走远了。

四

就这样，五个盗贼改邪归正了。那么，改变的根源——那个孩子究竟是谁呢？花木村的人们试图寻找那个使大家免遭偷盗之苦的孩子，可怎么也没有找到。最后，人们得出这样一个结论：小男孩就是土桥下那尊古老的、小小的地藏菩萨。证据是小男孩穿着草鞋。这是因为，村里人不知什么缘故，经常赠送草鞋给地藏菩萨，而且正好在那一天，有人在地藏菩萨脚下放了一双小小的新草鞋。

地藏菩萨穿着草鞋走路，想来很不可思议。不过，世间存在这种不可思议的事情，也没什么不好。而且，这已经是从前的事了，怎么都没关系的。不过，如果这是真事的话，一定是因为花木村的人们心地善良，地藏菩萨才会出手相救，使他们免遭盗贼荼毒。如此说来，村庄这种地方，就得是心地善良的人们居住才行呢。

小川未明
おがわみめい

红蜡烛和美人鱼
赤い蝋燭と人魚

一

　　美人鱼不仅生活在南方的海里，也生活在北方的海里。

　　北方的大海一片蔚蓝。有时候，美人鱼会爬到岩石上，一边休息，一边眺望四周的景色。

　　清冷的月光从云间流泻下来，照耀着大海的波浪。无论望向哪边，都是无边无际的、汹涌澎湃的波涛在连绵起伏。

　　多么寂寞的景色啊！美人鱼心想。这些美人鱼，相貌上同人类并没有什么差别。比起鱼类，或者深海中的那些粗鲁的海兽，无论是心灵，还是容貌，美人鱼都是多么像人类呀。尽管如此，美人鱼却不得不和鱼类、海兽们一起，生活在冰冷、黑暗、阴郁的大海中，这究竟是为什么？

　　在漫长的岁月里，美人鱼没有可以谈话的伙伴，一直向往着明亮的海面，就这样度过时光。想到这些，美人鱼悲伤极了。于是，每当月光明亮的夜晚，她就浮到海面上，在岩石上一边休息，一边浮想联翩。

"人类居住的城镇非常漂亮。我听说，比起鱼类、兽类来，人类更有人情味，更温柔善良。我们虽然和鱼类、海兽住在一起，但我们其实更接近人类。如果在人类中间生活，应该不至于过不下去的。"美人鱼思考着。

这是个美人鱼女子，而且已经怀孕了。她想，自己在这个寂寞的、没有谈话伙伴的、蔚蓝的北方大海里生活了太久太久，已经不再奢望明亮的、热闹的地方，可是至少不要让即将降生的孩子，再去体会如此悲伤、如此孤独无依的滋味。

和孩子分别，独自在大海里寂寞地生活，再也没有比这更难过的事了。但是，无论孩子在什么地方，只要孩子过得幸福，就是自己最大的快乐了。

听说人类是世界上最善良的，他们绝对不会欺负和折磨可怜的、无依无靠的生灵。还听说，人类一旦抚养幼儿，决不会半途抛弃。庆幸的是，我们不仅容貌和人类相似，腰部以上的身体也同人类一模一样——就连鱼类和海兽的世界，我们都能够生存下来，那么，在人类的世界里，我们肯定不至于活不下去。况且，只要人类肯抚养这个孩子，他们决不会无情地抛弃她。

美人鱼如此这般地思考着。

至少要让自己的孩子在热闹的、光明的漂亮城镇里长大。出于这样的心情，美人鱼女子决定将孩子生在陆地上。这样做的话，虽然自己再也见不到亲生骨肉，但孩子可以和人类在一起，过上幸福的生活。

遥远的海岸那边，小山上神社里的灯火在波浪间隐约闪烁。这天夜里，为了生下孩子，美人鱼女子穿过冰冷黑暗的海浪，朝陆地方向游来。

二

海岸上有一个小镇，镇上有各种各样的商店。神社所在的小山的山脚下，有一间蜡烛店。

蜡烛店里住着一对上了年纪的夫妇，老爷爷制作蜡烛，老奶奶在店里卖。镇上的人和附近的渔夫参拜神社时，都会到蜡烛店买了蜡烛再上山。

山上生长着松树，神社就坐落在松林间。海风吹在松树梢头，一天到晚呼呼地发出松涛声。而且，每天晚上，献给神社的蜡烛摇动着光影，明灭不定，从遥远的海面上都可以看到火光闪烁。

一天夜晚，老奶奶对老爷爷说："我们能养家糊口，全依赖神明的恩赐。如果山上没有神社，蜡烛就卖不出去。我们应该到山上参拜一下，感谢神明。"

老爷爷答道:"确实,你说得对。多亏了神明保佑,我每天都在心里感恩,可是活儿太多,没空上山参拜。幸亏你想到了。你去参拜的时候,也替我好好谢谢神明。"

于是,老奶奶蹒跚地走出家门。那是一个月色皎洁的夜晚,外面像白天一样明亮。老奶奶参拜完神社,下山的时候,看到石头台阶下有一个小宝宝正在哭泣。

"可怜的孩子,谁把她丢在了这里?奇怪,偏偏我回家的时候,让我遇见了,这是什么样的缘分哪?我要是不管,神明肯定要惩罚的。一定是神明知道我们夫妻没有孩子,才把这孩子赐给我们。回家以后,和老头子商量一下,抚养这孩子吧。"老奶奶心里寻思着,把小宝宝抱了起来。

"噢,真可怜,真可怜。"一边嘟囔着,老奶奶把小宝宝抱回了家。

老爷爷正在家里等着老奶奶,却见她抱回来一个婴儿。听老奶奶一五一十讲完,老爷爷说:

"没错,这一定是神明赐给我们的孩子。我们要好好爱护她,养育她,不然神明要惩罚的。"

于是,老夫妇决定抚养小宝宝。这是一个女孩子,下半身却并不是人的腿,而是鱼的身体。老爷爷和老奶奶心想,这一定是传说中的美人鱼。

"这不是人类的孩子呀……"老爷爷看着小宝宝,有点儿困惑。

"我也这么觉得。不过，就算不是人类的孩子，看她的脸蛋，多么温和、多么可爱的女娃娃啊。"老奶奶说。

"就是，有什么关系呢？这是神明赐给我们的孩子，我们好好养育吧。孩子长大了，肯定是一个聪明伶俐的好姑娘。"老爷爷也说。

从那天起，老夫妇精心地养育小宝宝。孩子渐渐长大了，她的黑眼睛又大又亮、晶莹清澈，她的秀发光泽艳丽。小女孩长成了一个伶俐乖巧、温柔美丽的姑娘。

三

美人鱼姑娘长大以后，因为自己的模样异于常人，感到难为情，不肯在人前露面。可是只要见过姑娘一眼的人，都会为她的美貌大吃一惊，甚至有人为了见姑娘一面，特意来店里买蜡烛。

老爷爷和老奶奶都说："我家的女儿腼腆害羞，不愿意出来见人。"

老爷爷在里屋勤勤恳恳地制作蜡烛。美人鱼姑娘忽然想到一个好主意，如果在蜡烛上画画，大家一定会喜欢。她把这个主意讲给老爷爷听，老爷爷回答说："那就试试看，你喜欢什么，就画什么吧。"

于是，姑娘在白色的蜡烛上，用红颜料画上了鱼、贝壳、海草等花纹，她从未学过画画，却画得无比美妙。看到这些画，老爷爷惊讶极了。画里面蕴藏着一种奇妙的力量和美，不管是谁，一见到这些画，就会想要买下蜡烛。

"难怪画得这么好。这不是人画的，是美人鱼画的嘛。"老爷爷对老奶奶感叹道。

那之后，从早到晚，无论是小孩子还是大人，都嚷着"我要有画儿的蜡烛"，络绎不绝地来店里买蜡烛。果然，画上了花纹的蜡烛，得到了人们的喜爱。

于是，一种奇妙的说法出现了。据说，给山上的神社献上花纹蜡烛，再把燃烧后的蜡烛头带在身上，那么出海的时候，无论遇到多大的暴风雨，也绝对不会发生船毁人亡的灾难。——不知从何时开始，这个说法被人们口口相传。

"神社是祭祀海神的，咱们献上漂亮的蜡烛，神明一定会高兴的。"小镇上的人们说。

由于大家抢着买花纹蜡烛，蜡烛店里，老爷爷从早到晚拼命地制作蜡烛，美人鱼姑娘则在一旁忍着手疼，努力地用红颜料在蜡烛上绘画。

"我长得和人类不同，两位老人家却疼爱我，把我抚养大，我绝对不可以忘记他们的恩德。"姑娘想着，乌黑的大眼睛湿润了。

花纹蜡烛的故事传到了远处的村子。于是，远方的船员和渔夫们，为了得到一截献给神明的、烧剩下的花纹蜡烛头，特意从远处赶来。他们买了蜡烛，爬上小山，参拜了神社，将蜡烛点燃后献给神明，等蜡烛烧得剩下短短一截，再把蜡烛头捧回去。因此，山上的神社里，无论白天还是夜晚，都是灯火不绝。尤其是夜晚，从海面上就可以望见美丽的灯光。

"真是慈悲的神明啊。"人们交口称颂。这座小山忽然变得声名鹊起。

神明的美名在世间流传，可是，没有一个人想到专心致志在蜡烛上作画的姑娘，也没有一个人觉得姑娘令人同情。

姑娘疲惫极了。月光明亮的夜晚，姑娘有时会从窗口探出头来，含着眼泪，凝望着那遥远的、蔚蓝的北方大海。

四

有一天，从南方来了一个商贩。商贩来到北方，想要找寻些稀罕物品，运到南方卖了赚钱。

或许商贩是从别处听说的，也或许他某天见到了美人鱼姑娘，看出她并非真正的人，其实是世上罕见的美人鱼。总之，这一天他偷偷来到老夫妇的家，瞒着姑娘，向老夫妇提出，愿意出大价钱买下美人鱼姑娘。

一开始，老夫妇不肯答应。这个女儿是神明的恩赐，怎么可以卖掉？如果卖掉女儿，是要遭报应的。商贩被拒绝了一次，拒绝了两次，却依然不死心，几次三番地找上门。

这一回，他装作诚心诚意的模样，对老夫妇说：

"自古以来，美人鱼就是不祥之物。如果不赶紧摆脱她，一定会有祸事发生。"

终于，老夫妇相信了商贩的话。况且，这么做还可以得到一大笔钱，他们被金钱蒙住了心窍，答应将姑娘卖给商贩。

商贩高高兴兴地回去了。他说，过几天就来接美人鱼姑娘。

当姑娘得知这个消息时，她是多么震惊啊。想到要离开家园，到千里之外、陌生又炎热的南方去，腼腆温柔的姑娘害怕极了。她哭泣着恳求老夫妇：

"我会好好干活儿的，干多少活儿都行。求求你们，不要把我卖到陌生的南方去。"

然而，老夫妇的心肠已经变得如同魔鬼，无论她怎么恳求，他们都无动于衷。

姑娘把自己关在房间里，拼命地在蜡烛上作画。可是，即使看到这样的情景，老夫妇也既无同情，也不怜悯。

这是一个月光明亮的夜晚。姑娘独自听着波涛声，想到自己的前途，悲伤不已。忽然，她觉得远处似乎有人在呼唤自己，连忙从窗口向外望去。可是，只有无边无际的月光，

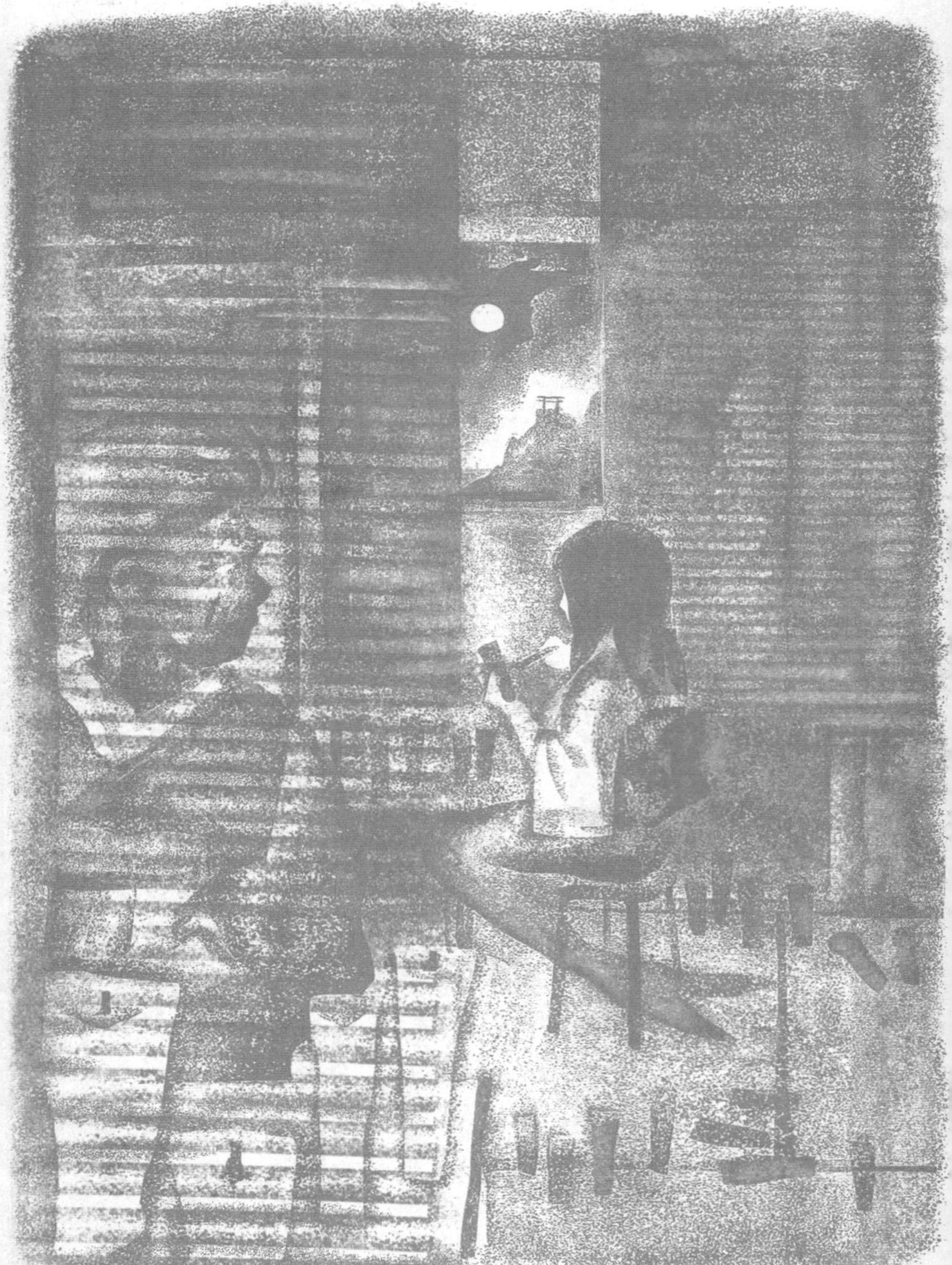

照耀在深蓝色的大海上。

姑娘又坐回去继续画蜡烛。就在这时，屋外吵闹起来。原来这天晚上，商贩终于要来带走姑娘了。他的车上装了一个嵌着铁栅栏的四方形大笼子，这笼子曾经装过老虎、狮子和豹子之类的猛兽。

这么温柔善良的美人鱼，也被当作海里的兽类，与老虎狮子一样对待。如果姑娘看到笼子，她会受到怎样的惊吓啊。

姑娘还不知道这一切，只是低头画画。这时，老爷爷和老奶奶走了进来，说："好了，你该动身了。"说完，就要把姑娘带出来。

姑娘受到催促，来不及把手里的蜡烛画完，就把它们都涂成了红色。

作为悲伤的纪念，姑娘留下了两三根红蜡烛。

五

一个风平浪静的安宁夜晚，老爷爷和老奶奶关上房门睡下了。

半夜里，忽然传来了咚咚的敲门声。上了年纪的人容易惊醒，听到敲门声，他们心想，谁会半夜来呢？

"谁呀？"老奶奶问。

可是，没有人回答，只有咚咚的敲门声还在继续作响。

老奶奶起来把门开了一条缝，朝外面张望。只见门口站着一位肤色白皙的女人。

女人是来买蜡烛的。老奶奶只要能赚到一点钱，就决不会露出不耐烦的样子。

老奶奶把蜡烛盒子拿给女人看。就在这时，老奶奶吃了一惊，她看到女人长长的黑发水淋淋的，在月光下闪闪发亮。女人从盒子里取出红彤彤的蜡烛，静静地盯着看了一会儿，付了钱，把红蜡烛拿走了。

老奶奶在灯光下仔细一看，发现女人给的并不是真的钱币，而是贝壳。原来被骗了，老奶奶生气地冲出门去，女人却已经无影无踪了。

这天夜里天气骤变，狂风大作，暴雨倾盆，近来还从未有过这样的暴风雨。说起来，商贩把美人鱼姑娘装在笼子里，乘船前往南方，此时应该正好在海面上。

"这样的大风暴，船肯定没救了……"老爷爷和老奶奶哆哆嗦嗦，浑身发抖。

天亮了，海面上黑沉沉的，景象十分骇人。那个夜晚，遇难的船只不计其数。

不可思议的是，当红蜡烛在山上神社里点燃的夜晚，不管本来天气有多好，都会立刻发生大风暴。那之后，红蜡烛便成了不祥之物。蜡烛店的老夫妇觉得这是神明降下的惩罚，便把蜡烛店关了。

可是，神社里每天晚上都会有红蜡烛亮起，不知是什么人、从哪里把红蜡烛送到了神社。从前，只要带上一截献给神社的花纹蜡烛头，就决不会遭遇海难，可是现在，哪怕只看了一眼红蜡烛，这人就一定会遭遇灾难，淹死在海里。

这个说法立刻传了出去，再也没人到山上的神社参拜了。就这样，从前灵验无比的神明，如今成了小镇的鬼门。于是，没有一个人不心怀怨恨，大家都认为镇上不该有这样的神社。

海上的船员远远地望见神社山，就会心生恐惧。每到夜晚，北方大海上永远是一幅可怕的景象，四面八方都是无边无际的巨浪在汹涌翻腾。海浪撞碎在岩石上，飞溅起白色的泡沫。月亮从云间流泻下光辉，照耀着惊涛骇浪，那情景真令人毛骨悚然。

看不见星星的雨夜里，到处黑沉沉的，波浪上却有蜡烛的光亮若隐若现。烛光渐渐升高，一闪一闪的，朝着山上的神社飘去。——曾有人看到过这样的情景。

没过几年，山下的小镇已经消失不见了。

千代纸之春
千代紙の春

城郊的一座桥边,一位老爷爷正在卖鲤鱼。鲤鱼是他今早从批发商那里运来的,已经在桥边卖了很久。

"买条鲤鱼吧,便宜卖喽。"老爷爷望着来来往往的行人,叫道。

有人停下来看看鱼,又走开了;也有人不理不睬,径自走了过去。不过,老爷爷依然耐心地叫卖着。

这期间,也有人说"鲤鱼呀,这可不常见",买走了一些鱼。到了黄昏时分,小个头的鲤鱼都卖光了,可是最大的那条鲤鱼还没有卖掉,剩在了木盘里。

最大的鲤鱼卖不掉,老爷爷很担心。天黑以前,怎么也要把这条鱼卖出去,老爷爷焦急地想。

"哎,大鲤鱼便宜卖喽,买一条吧。"老爷爷一个劲儿地叫卖。

路过的人都会看一眼大鲤鱼,又走开了。

"这鲤鱼真大呀。"有人离开前还会感叹一句。

的确是这样。这条大鲤鱼已经在一个大池塘里生活了好几年，有时还会到河里住一阵子。听着河水的声音，大鲤鱼怀念起以前那湍急的深流，又恋恋不舍地想到自己的故乡——那口倒映着树木、仿佛镜面一般的碧绿池塘。然而，自己被抓到了木盘里，再也无能为力。而且，自从被抓之后，已经过去了好几天，大鲤鱼被运到这里，搬到那里，身体非常虚弱，完全没有从前的活力了。

　　大鲤鱼想起了自己的孩子们，又想起了朋友们。"真希望再见见孩子，见见朋友啊。"它想。

　　"哎，买条鲤鱼吧。大鲤鱼，只有一条喽。便宜卖，拿走吧！"

　　老爷爷招呼着眼前的行人，喊得嗓子都哑了。暮色中急匆匆赶路的人们，却只是朝鲤鱼瞥上一眼，心里嘀咕"这么大的鱼，价钱肯定很高"，一边快步走了过去。

　　大鲤鱼翻着白肚皮，躺在木盘里。这是一条肥壮的鲤鱼，可是这一阵子它连水都不够喝，大概已经活不久了。

　　正是早春时分，丰沛的河水在哗哗流淌。水是从山里流下来的，山里的雪融化了，雪水溢满了山谷，汇入了河里。过不了多久，在晴朗温暖的日子里，城里、村子里的人们都会来到池塘边和河边钓鱼。

　　可怜的鲤鱼想象着这些情景。

　　就在这时，一位老奶奶拄着拐杖，朝桥上走来。老奶奶低着头蹒跚而行,看起来无精打采的。她正在为一件事担忧。原来,老奶奶最疼爱的孙女美代子生病了,正躺在家里休养。

"要快点把小美代的病治好啊。"老奶奶念念不忘。

美代子刚刚十二岁,这一阵子她的身体不舒服,没有去学校,正在看医生。可是,病一直不好,她怎么也不像以前那样生气勃勃了。每天,美代子时而躺着,时而坐起来。坐起来的时候,她给布娃娃缝缝衣服,或者读点杂志,翻翻绘本什么的,但没办法像原来那样活泼地和朋友们在外面奔跑嬉戏。

所以,不光是美代子的爸爸妈妈忧心忡忡,全家人都惦记着她的病。

"真是,那孩子的病,怎么就不见好呢?"老奶奶翻来覆去地念叨着,拄着拐杖走到了桥边。

"哎,便宜卖大鲤鱼,拿走吧!"老爷爷叫着。

老爷爷盼着早点卖掉鲤鱼,可以赶紧回家,家里还有两个孙儿等着呢。老爷爷家里很穷,要是不能把鱼换成钱带回家,一家人就不能开心地吃晚餐了。

"哎,便宜卖,买条大鲤鱼吧!"老爷爷卖力地吆喝。

听到叫卖声,老奶奶拄着拐杖停住了,只见桥边摆着鱼摊,木盘里躺着一条大鲤鱼。

老奶奶想起来,据说如果给病人吃了鲤鱼,病人就会气力大增。

"真是一条大鲤鱼呀。"老奶奶惊讶地说。

"便宜卖给您。买了吧。"老爷爷招呼道。

"我家的小姑娘病了,我打算买给她吃。"老奶奶说。

"吃了这条鲤鱼,病马上就会好。"老爷爷答道。

老奶奶弯下腰,仔细瞅瞅翻着白肚皮的肥鲤鱼,说:"这鱼好像没精神哪。一动不动的。"

"怎么会?要是这条鱼还没精神,那就没有活蹦乱跳的鱼啦。"老爷爷说。

老奶奶还是有点疑惑,问:"是不是已经死了?"

"看它的嘴,一动一动的呢,对吧?"老爷爷说。

"多少钱?"

"大甩卖,给一块钱就行。"老爷爷答道。

"那你提一下它的尾巴,我看看它会不会跳。"老奶奶提出了要求。

这会儿,鲤鱼的确一动不动,像是死了似的。老爷爷便提着大鲤鱼的尾巴,高高地举了起来。

大鲤鱼心想机会来了,如果现在不逃走,几分钟之内,自己就会被杀掉。于是,它使出全身的力气,尾巴拍向老爷爷的胳膊,老爷爷吃了一惊,手一松。趁着这个空当,大鲤鱼奋力一跃,跳进了河里。

"啊,鱼跑了!"路过的人们叫着,围了上来。老爷爷和老奶奶都目瞪口呆,尤其是老爷爷,这么大一条鱼跑了,要亏好多钱，没办法给孙儿们买晚餐的小菜了。

"要不是你说，提起鱼尾巴给你看看，鱼就不会跑掉。所以，请把买鱼钱给我吧。"老爷爷说。

老奶奶提高了声音，争辩道："什么？我又没拿到鱼，哪有付钱的道理？我那可爱的小孙女一口没吃到，我是不会付钱的。"

这时，围观的人群中走出一位留着长发的男人，看上去像是一名算卦先生。

"老太太，这是难得的好兆头呀。本以为鲤鱼已经死了，可它又跳起来，冲到河里去了，真是吉利的兆头。您孙女的病明天就会好。疼爱孙儿的心意，大伙儿都是一样的。这位老爷子家里也有孙儿，正等着他回去呢。老太太，您就把鱼钱付了吧。"长头发的男人说道。

老奶奶本来觉得不该给钱，听了这人的话，心想"对呀，是这个道理"。于是，老奶奶伸出皱巴巴的手从荷包里拿出钱，递给老爷爷。

见老奶奶付了钱，老爷爷露出了笑容，从怀里拿出一叠漂亮的千代纸。

"老太太，这些千代纸本是我买给孙儿们的，不过我以后再给他们买就是了。请带回去送给您的孙女吧。"说着，把千代纸递给老奶奶。

老奶奶瞪大了眼睛，拒绝道："我家孩子有好多千代纸，不用这个。"

可是，老爷爷一定要把千代纸塞给老奶奶，说："话不能这么说。小孩子嘛，见到不同花色的千代纸，一定会高兴的。"

老奶奶收下千代纸，再次拄起拐杖，步履蹒跚地走了。

一轮明月在夜空中升起。老奶奶回到家，把鲤鱼跳进河里、自己付了鱼钱的事儿讲给家里人听。美代子的妈妈说："医生今天来过，说美代子肚子里可能有蛔虫，要给她吃驱虫药。一定是这么回事，美代子吃的东西太杂了。"

"不吃鲤鱼，或许是件好事呢。"美代子的爸爸说。

"赶紧好起来吧，还得去上学呢。花儿马上就开了。"妈妈自言自语道。

美代子正坐在灯下，用剪刀把千代纸剪成小块，做成各种各样的花朵。她想，等病好了，一定和朋友们去田野里、公园里玩耍。打开窗子，外面月光清亮，美代子把自己做的千代纸花朵，全都洒向了窗外。

两三天以后，院子里各种草木的花蕾一齐绽放。千代纸花朵附在枝头上，全部变成了真正的花朵。而且，美代子的病也全好啦。

大雁
がん

　　狭小的池塘里，年轻的大雁们你争我抢，正在忙着捕鱼。看到这副情景，一只上了年纪的大雁叹了口气："为什么我们要永远困在这个地方呢？"

　　听了老雁的话，一只模样聪明的大雁S答道："爷爷，到什么地方去，我们才能幸福地生活呢？在这里定居以前，我们寻遍了各处的池沼湖泊。可是，到处都能听到敏捷的猎犬汪汪吠叫，到处都能看到狡猾的人类扛着猎枪。并没有一处地方，能让大伙儿安心地休息。我们费尽周折，总算找到了这个禁猎区里的池塘。"

　　"这些我都清楚。所以，我们应该去寻找人迹罕至的家园。我们应该动身，去更遥远、更寒冷的地方。我还很小的时候，曾经跟着父母经过一个地方，那里有山，有森林，有湖泊，汹涌的海浪涌上岸边，飞溅起白色的泡沫。那里的风景虽然很荒凉，但没有人类和猎犬的身影。那个地方还留在我的记忆中，我们应该再次去寻找它。"

"爷爷，那真是一个梦幻般的地方啊。可是，你还清楚地记得那里吗？"年轻的大雁 S 问道。

"那是我小时候的事了，怎么还能记得清楚呢？我只有隐隐约约的一点儿印象。可是，我要去寻找那个地方。"老雁说。

聪明大雁 S 把大伙儿招呼到一起，在月光下商量。大伙儿的意见却各不相同。

大雁 B 说："这里是人类自己设立的禁猎区，我们在这里能得到安全，这是最聪明的做法，不是吗？一旦离开这个池塘，谁知道我们会在何时何地，遭遇怎样的危险呢？"

"这种担心是有道理的。不过，爷爷，你真的确定存在那样一个理想的家园吗？"喜欢冒险的大雁 K 说道。

"爷爷小时候在旅行途中见过那个地方。现在，爷爷的记忆已经模糊了，不过爷爷有强大的信念，只要去寻找，一定可以找得到。"聪明大雁 S 说道。最初将大伙儿带到这个禁猎区的，正是这只聪明大雁。

"既然如此，就请爷爷带路，咱们出发吧！"大雁 K 是雁群中最富有野性的成员，他马上赞同了迁徙的提案。

"可是，要飞行上千里路，如果找不到理想家园，还能回得来吗？"可以说，大雁 B 是持反对意见的。

"是啊。为了一个渺茫的希望，放弃安全的栖身地，这需要慎重考虑。恐怕我们不可能再回来了。"聪明大雁 S 若有所思地答道。

"我们怎么能永远指望人类给的安全呢？我们要自己去寻找安全的家园，现在动身还不晚。"大雁K说。

既然谈起了这个话题，大雁那热爱自由的天性，又在大伙儿心中觉醒了。

"走吧，走吧！与其在这里窝窝囊囊地过冬，不如出发去寻找新天地。只要我们的翅膀还有力气，我们就要去寻找那辽阔的、自由的、安全的家园！"

终于，大家的意见统一了。

"爷爷，请为我们带路吧！"他们说。

这之前，老雁一直仰望着月亮，一言不发。此时，他开口道：

"我有种感觉，从这里往北飞，一直往北飞，就能够到达那个地方。如果要出发，咱们今晚立刻动身吧。"

对老雁的话，没有一只大雁表示不满或反对。大伙儿沐浴着月光，各自展开翅膀，将羽毛理顺。然后，大雁们合着节奏，拍打了两三下翅膀，这是即将开始长途旅行的信号。

下一瞬间，他们腾空而起，在池塘上方恋恋不舍地转了一圈，便飞走了。大雁们排好队形，鸣声交相呼应，不一会儿就消失在远方。

老雁是雁群的向导，聪明大雁S和勇敢大雁K紧随其后，谨慎小心的大雁B则担任殿后的任务。雁群把体弱的同伴围在队伍中央，踏上了漫长的旅途。

冬日里的旅行，雁群必须顶着猛烈的北风向前行进。老雁深感自己的责任，他必须带领大家前进，还要鼓舞年轻大雁的勇气。他奋力抗争着北风，在山野上空翱翔，可是他的翅膀越来越沉重，眼看就要被年轻大雁超过了。

"爷爷，慢点飞吧！"

年轻大雁们很快就发现，让年迈的老雁带领大家踏上冒险之旅，有多么勉为其难，老雁爷爷又是多么可怜。然而，事到如今，已经没有办法了。听到大家关切的话语，老雁不愿意在年轻大雁面前示弱，不想让孩子们看到自己体力不支，于是拼命努力，坚持继续飞下去。

可是，当雁群经过一处山中的湖泊上方时，终于不得不降落下来。

领队的老雁，已经完全飞不动了。

"我们飞到这里，是一次鲁莽的行动。"聪明大雁 S 说。

"不，不是这样。光是找到了这片湖水，我们的旅行就没有白费。你看，这周围的群山，多么美丽！"精力充沛的大雁 K 说道。

"没错。现在，我那模糊的记忆已经被完全唤醒了。从这里往北，一直往北飞，就能到达我说的那个理想家园。不过，以我的力气，已经不可能到达那里了。请把我留在这里，大家快点儿赶路吧。"可怜的老雁说。

"爷爷，不要说泄气的话。我们怎么能丢下爷爷，自己赶路呢？我们就在这里等爷爷身体康复，等两天也好，等三天也罢。"大雁 B 说道。大雁 K、大雁 S 和所有的大雁都纷纷赞同。

然而，对于年迈的老雁而言，山中的这片湖泊竟成了他的葬身之地。寒冷的翌日清晨，天还没有大亮，湖面上还蒙着一层浅灰色，老雁低垂着脖颈，结束了他与大自然抗争的一生。

这一天，雁群一整天都在湖面上悲泣哀鸣。夜幕降临时，他们低低地在湖上盘旋，仿佛与老雁告别。然后，在大雁 K 的带领下，雁群朝着北方，朝着他们终将到达的理想家园出发了。

这是一个寒冷的夜晚，星星却闪闪发光。

受伤的铁轨和月亮
負傷した線路と月

　　铁轨从城镇通向村庄，从村庄通向平原，一直延伸到山里。

　　这是出了城几十英里之外的地方。有一天，火车载着沉重的货物和许多乘客碾过铁轨，它的一个部位受伤了。

　　铁轨疼痛难忍，哭泣起来。铁轨心想，谁会像自己这样不幸？每一天，每一天，沉重的火车都要从自己头上踩过，不知要过多少趟。火车却觉得稀松平常。这还不算，太阳火辣辣地照着，身体像被火烤着一样。自己恨不得躲到树荫下，却没法自由活动，粗大的铁钉把自己的身体牢牢地钉在枕木上。想来想去，自己这个身体究竟算什么啊……铁轨一边想，一边泪流不止。

　　"你怎么了？"绽放在铁轨旁边的、浅红色的瞿麦花微微侧着头，有点羞涩地问道。

　　这朵花经常安慰铁轨，它这么一问，铁轨感到很欣慰。

　　"哦，刚才火车把我弄伤了。不是什么严重的伤，不过我想到自己的遭遇，越想越难过，就哭了起来。"铁轨答道。

"是这样啊……像你这么坚强的铁轨都流泪了，一定是实在难以忍受。要是换成我，还不知会怎样呢。说起来，刚才的那列火车，货物车厢里装满了木材、米袋子、煤炭，还有些杂七杂八的东西。而且，今天的乘客车厢也比平时长得多。山的那边有大海，还有温泉，很多人前往那里，所以才这么热闹吧。不过，好在你的伤不太严重，这是最庆幸的了……"花朵温柔地说道。

铁轨把闪闪发光的脸转向花朵，说："你真善良，听了你的安慰，我多么高兴啊。从前，你还没有在我身边绽放的那些日子里，我是多么寂寞……"平日里非常坚强、总是默默忍耐着的铁轨，终于忍不住心里的酸楚。

可是，浅红色的花朵叹息道："不过，我的生命也没有多长了。这样的酷热，我的身体已经很虚弱。毕竟，很久没有下雨了。"

这时，风从铁轨上方掠过，吹动了花朵。

铁轨侧耳倾听，说道："很快就有一场雷阵雨。远处打雷了，你听不到雷声，因为那在很远的地方。但我们铁轨长长地连在一起，雷声沿着我们的身体传了过来。"

花朵在风中摇晃，说："真的吗？如果能下雨，真是太高兴了！"

这时，吹拂着花朵的风也告诉它："是真的。今天这里就会下雨。再过一会儿，一团团乌云就会涌来，把阳光遮住。"

铁轨希望赶紧洗个凉水澡，让滚烫的身体凉下来。花朵则盼着早点喝上水，解救自己这濒死的干渴。

过了一会儿，果然有一股股黑色的云团、灰色的云团从远方涌来。阴云渐渐布满了湛蓝的天空，片刻之后，连太阳光都被完全遮住了。

被阳光染红的、火烧火烤般的原野忽然变得凉爽昏暗。从这时开始，雷声越来越近，越来越响。

铁轨和花朵都不再作声，凝望着阴云密布的天空。终于，雨水落了下来。雨水浇灌在花朵上，倾泻在铁轨上。雨水让铁轨滚烫的身体凉爽下来，一边为铁轨清洗着伤口，一边说着"噢，好可怜"。

铁轨含着泪，向雨水倾诉，自己今天被冷酷的火车轧伤，而且，太阳每天都毫不留情地从头顶烘烤着自己。

听了它的诉说，雨水说："真是太令人同情了。我已经帮你把滚烫的身体冷却下来，马上就得离开这里了。我走以后，月亮一定会出现。月亮和太阳的脾性迥然不同，而且，在掌管万物命运的力量方面，现在的月亮，虽然没有太阳那么强大，但据说从前是月亮更伟大。请把你的遭遇告诉月亮吧。听了你的诉说，我想，月亮决不会置之不理的。"雨水用沉静的语调，指点着铁轨。

果然，不一会儿，阴云散去，雨也停了。傍晚的天空清澈湛蓝，仿佛蓄满了晶莹透亮的清水。

这个夜晚，照耀平原的月亮比平日里更加皎洁，月光中蕴含着慈悲的清辉。温柔的花朵带着雨水的湿润，早早地垂头睡着了。从叶子下面，传出了小虫的鸣声。

或许是雨水离开后，悄悄地对月亮说了什么吧，当月亮照向这片平原时，先将月影投在了铁轨上。于是，铁轨对月亮诉说了今天被火车轧伤的遭遇。

"虽然我不知道那是什么样的火车，但它做了这样的事，却满不在乎，可见是个硬心肠的火车。对它的鲁莽行为，我要去训诫一番。如果你还记得它的模样，说给我听吧。"月亮说。

铁轨把火车的编号告诉了月亮。

于是，月亮立即动身，从城镇到村庄，从村庄到山里，尽了自己最大的努力，到处寻找铁轨所说的那列火车。

这时，一列火车从铁桥上驶过。月亮跳下去看是否就是它寻找的火车，却发现编号不一样。

月亮找遍了所有的海岸、所有的原野，它仔细观察了奔驰在所有地方的火车，有的火车只有货车厢，有的则是客车厢与货车厢混编在一起。海边有人在洗海水浴，他们说"真是明亮的月夜啊"。有的躺在沙滩上，有的在昏暗的波浪间游泳。人们还从客车厢的窗口探出头来，一边眺望大海的景色，一边谈笑风生。

可是，看看这列火车的编号，它也不是月亮要找的火车。在同一个时刻，有很多列火车奔驰在大地上，铁轨所说的那列火车，或许钻到隧道里了吧，始终没有出现在月亮的眼前。

度过了一个凉爽的夜晚之后，铁轨已经忘却了昨天的痛苦。可是，月亮既然答应了铁轨，到了第二天晚上，它依然继续寻找着轧伤铁轨的火车。终于，在一个距离铁轨所在的平原十分遥远的车站里，月亮发现了铁轨所说编号的火车头。此时，火车头正一动不动地休息。

月亮连忙来到火车头上空，然后，它用一贯的沉静语气问道："你为什么一动不动，看上去很不开心？"

听了月亮的问话，火车头开口诉说起来："我无法形容自己有多么疲惫。每一天，每一天，我都要跑很远很远的路。昨天，我的负载比以往都要沉重，一个车轮被弄得很痛。我讨厌沉重的货物，讨厌车厢里那些满不在乎、大说大笑的人……"

"这么说，你的身体也受伤了？"月亮问。

"是的。不知在哪里和铁轨发生了摩擦，弄伤了我的一个车轮。"火车头回答。

听了火车头的话，月亮无法判定是谁的过错，也无法指责火车轧伤了铁轨。

"你把货物运到了什么地方？"月亮又问。

"不止一个地方。大箱子运到了港口的车站，煤炭和木材之类，在别的城市卸了下来。"火车头说。

"请多保重。"说完，月亮朝港口方向转去。港口里，轮船正喷着烟要出发，船上装载着许多大箱子。月亮马上来到轮船上方，照耀着大箱子。

"你们接下来要去哪里？"月亮问。

大箱子正默默地沉思，听到月亮的问话，答道："我们不知道要被送往何方。离开家乡以后，我们在火车上待了很久，现在又漫无目的地漂荡在辽阔的大海上。这副情景，太令人不安了。"

于是，月亮思索起这一切究竟是谁的错。接下来，它决定去观察一下人类的情形。

月亮降落在街市上方，环顾着四周。夜已经深了，所有的窗户都关上了。有一户人家的二楼镶着玻璃窗，月亮从窗口朝房间里张望。就在这时，一个小宝宝正巧睁开了眼睛，看到月亮，小宝宝开心地笑了。

好心肠的老爷爷
いいおじいさんの話

　　长着美丽双翅的天使,站在一户贫寒人家的门口。天使一脸担忧,频频窥探屋子里的动静。

　　屋外寒风呼啸,星星在枯树林的梢头闪闪发光,四周笼罩着白茫茫的霜。天使赤裸着双足,踩在霜柱上,看上去令人心疼。

　　天使似乎忘记了自身的寒冷,只顾观察这户贫寒人家的情形。屋子里点着昏暗的灯火,静悄悄的,没有一点儿声音。还没到睡觉时间,可是屋里既没有说话声,也没有笑声。

　　就在这时,同村的一位好心肠的老爷爷正巧路过。老爷爷在山中小屋里劳作,一直干到这么晚才收工。看到天使,老爷爷连忙走过来,问天使怎么了。

　　天使抬头看看老爷爷,说道:"过不了多久,上天会送给这户人家一个孩子。可是,我非常担忧。天气这么寒冷,孩子恐怕会受罪。想到这些,我放心不下,所以到这里瞧瞧。房子里静悄悄的,没有一丁点儿欢声笑语,到底怎么回事?

我正纳闷儿呢。"

听了天使的话，老爷爷连连点头，差点儿脱口而出："可不是嘛！"

"没错。我去找这家的主人，好好问问他。"老爷爷说。

在呼啸的冷风中，天使走远了。老爷爷目送着天使的背影，非常理解此时神明的意思。

"就是嘛，这家的主人真叫人头疼。妻子马上要生产了，他却把干活挣的钱都买了酒喝……简直岂有此理。今天晚上，他肯定又在酒馆里喝得烂醉……"老爷爷拖着疲惫的步子，朝村头的酒馆走去。

到了酒馆一看，那家主人果然喝醉了。老爷爷想告诫他一番，转念一想，醉成这副样子，眼下不管说什么，这家伙也是听不进去的。于是，老爷爷决定等他第二天酒醒了再说，就先回家了。

这家的主人是个木匠。第二天，他干了一阵子活儿，中间休息时，点起火来取暖。

天气非常晴朗。虽说是冬天，阳光却温暖地照耀着，小鸟站在枯树枝头鸣唱。缕缕青烟从冷清的田地上方升起，朝林间飘去。年轻人呆呆地出神，似乎在寻思什么。

"你好啊。"老爷爷走到年轻人身边。

"你好，天气不错嘛。风还冷得很，快来烤烤火吧。"年轻人说。

两个人开始聊天，聊了很多话题。说着说着，老爷爷问道："你家里马上要添孩子了吧？如果你不想要这个孩子，有别人想要，你愿意把孩子送人吗？"

听了这话，年轻人非常生气："我的宝贝孩子，怎么能送给别人？老爷子，就算你心肠好，就算有人求你来提这个事，你都不该说出这种糊涂话。"

老爷爷呵呵笑了："是我的不对。我见你整天喝酒，既不关心妻子的身体，也不做好迎接孩子的准备，我还以为你不喜欢孩子，所以说了那番话。你想想，小孩子出生在大冷天，得把屋子弄暖和点儿……对吧？"

此时年轻人没有喝酒，老爷爷的话他听得一清二楚，知道确实是自己不对。年轻人难为情地挠着脑袋，诚心诚意地说："是我错了。确实，我还没想孩子的事呢。我妻子任性得很，只要有一点儿不顺心，她就唠叨个没完，所以我就躲到外面喝酒了。仔细想想，为了孩子，我应该忍一忍的……"

老爷爷高兴极了。从那以后，晚上经过木匠家门口时，老爷爷发现木匠都在家，屋里传来他妻子的说话声，气氛很是欢乐。

"这样我就放心了。"老爷爷心想。

这一天夜里，星光仿佛被冻住了似的，看上去白茫茫的。不过人们知道，用不了多久，春天就要来了。老爷爷在山上干完活，很晚才回来，却发现上次那位天使，正没精打采地站在木匠家的窗下。天使依然赤裸着双足,背上长着洁白的翅膀。

老爷爷这才知道,原来神明将一个小孩子送到世上,是要费这么多心思的。

"从那以后,这家的主人不再喝酒,也做好了孩子出生的准备。能听到他们夫妻俩高高兴兴地说话,已经没什么好担心的了……"老爷爷说。

即便如此,温柔美丽的天使还是放心不下。天使的眼中闪烁着泪花,视线落到了自己那令人心疼的脚上。

老爷爷问天使:"每个人出生的时候,神明都这么担心吗?"

天使清澈的目光转向了老爷爷那长年与生活抗争、已经疲惫不堪的脸,答道:"每个人出生的时候,神明都希望他健康、平安地长大,都会非常担心他。父母虽然都知道要爱护孩子,但有时只顾忙自己的事,忘记了养育孩子。孩子出生之前,还可以依靠神的力量,可一旦降生到人世间,就不是神的力量能够左右的。神明已经赋予了人们可以领悟一切的力量,但人如果忘记了这种力量,就没有办法了……"

听着天使的话,老爷爷觉得,自己的心神仿佛回到了遥远的往昔,回到了自己的青春时代。从那时起,自己就发誓要好好地生活,可是回头来看,还是有那么多令人后悔的事情。年轻人一定要珍惜生命,真正有意义地、好好地度过一生。老爷爷想道。

"你说的话，我完全明白。我会经常提醒这家的妻子，不要训斥孩子。我会尽自己的努力，帮助大家过上幸福的生活。"老爷爷发誓道。

不知何时，天使那洁白的身影已经消失不见了。

没过多久，一个小宝宝降生在这户人家。那之后，这家的女人变成了温柔的好妈妈，这家的男人也成了勤劳能干的好爸爸。看着小宝宝的脸蛋，夫妻俩觉得这是最大的快乐和安慰。

老爷爷干完活回家时，会顺路到这户人家看看，看到这幅安宁的景象，老爷爷无比欢喜。

而且，每当看到有人训斥孩子，不管是谁，老爷爷都会告诫他："不要以为孩子是你生的，就是属于你的东西。神明才是孩子真正的母亲。所以，不能由着自己的性子来养育孩子。"

听老爷爷总是说神明如何如何，村里人不以为然，嘲笑道："老爷子，如果人是神的孩子，那么人不就成了神吗？可是，既有好人，也有坏人，又是怎么回事？"

这时，老爷爷想起了天使曾经说过的话："神明已经赋予了人们能够领悟一切的力量，但人如果忘记了这种力量，就没有办法了……"

可是，即便把这些告诉村里的人，他们也不会相信的。

更不要说自己曾经见过长着翅膀的天使的事，即便是木匠夫妇，也不会当真。

如此想来，老爷爷感到很难过。

老爷爷非常希望再次见到天使。这次一定要好好看看天使，而且，还要悄悄地告诉其他人。

可是，天使再也没有出现过。

不久之后，春天来了。花草树木静静地熬过了漫长的寒冬，此时又恢复了生机，温暖的风拂过，天空一片碧蓝。老爷爷朝着天空，默默地表达着心中的感激。

小岛的黄昏
島の暮れ方の話

　　这是一座南方的温暖小岛。在这里，冬天只是空有其名，一年到头都是鲜花盛开。

　　一个早春的黄昏，一位旅行者正在匆匆地赶路。他似乎是初次来到此处，只见他左瞅瞅，右瞧瞧，寻找通往自己要去的村子的路。

　　在到达小岛之前，旅行者已经走了很远的路，还坐了船。他是从遥远的地方过来看望小岛上的亲戚。

　　旅行者看到了绽放在路边的、梦幻般的水仙花，也看到了盛开在山间的、艳红如火的山茶花。这一带都是原野和山丘，看不到人家。温暖的风从大海上吹来，风中带着花朵的芬芳。太阳缓缓地朝西山沉落下去。

　　"马上天黑了，该怎么走，才能到达我要去的村子呢？"旅行者停下了脚步，心里寻思着。

　　这附近有没有人家，可以问问路呢？旅行者又向前走去，一边左瞅瞅，右瞧瞧。可是，在黄昏的寂静天空下，隐约可以听到的,只有波浪拍打岩石的水花碎裂声。

这时,旅行者忽然发现,远处有一座草房子,屋顶已经变成了茶褐色。走近一看,那是一座破败的房子,篱笆已经坏掉,看上去年久失修。会是什么人住在这样的房子里呢?

走到房子跟前,旅行者又吃了一惊。只见门口站着一位年轻女子,她神色凄然,但容貌美丽极了,旅行者还从未见过这么美的女子。

女子长长的秀发滑过肩头,垂落在身后。她的皓齿细白,明眸清澈,红唇像花瓣一般艳丽,额头的肌肤细腻白皙。

旅行者心想,这样的小岛上,怎么会有如此美丽的女子?又转念一想,正因为是这样的小岛,才会有如此美丽的女子啊。

旅行者来到女子面前,问道:"我要去神社所在的村子,请问我该走哪条路?"

女子温和地笑了,笑容里却带着些落寞。

"您是过路的人吧?"

"是的。"旅行者答道。

女子稍稍犹豫了一下,说:"我也要往那边去,您可以跟我一起走一段。"

"那就有劳了。"旅行者谢过了女子。

两人正要出发,旅行者转过头问女子:"那座房子是您的家吗?"

女子回答的声音非常温柔:"不,那怎么会是我的家呢?今天,我的两个孩子出门玩耍,一直没有回家,我便出来找她们。然后,我看到那房子墙板上挂着的衣裳,很像是我妹妹的衣裳。我妹妹去年失踪了,所以我不由得发了一会儿呆。"

听到这样奇异的事情,旅行者十分惊诧,凝望着女子美丽的侧脸。就在这时,远处跑来了两个可爱的孩子,一边叫着"妈妈!妈妈!"。女子高兴地把两个孩子搂在怀里。

"我们就在此分别吧。您沿着这条路一直向前,就会到达神社所在的村子。"女子给旅行者指了路,然后带着两个小女孩,沿着开满花朵的小路,朝回荡着寂寞海浪声的山脚下走去。

旅行者朝着相反方向,顺着山势渐渐走进了深山。山中有些地方可以看到柑橘结出了果实。天色黑沉的时分,他终于到达了要去的村子。

那天夜里,旅行者在灯火下给亲戚们讲述这件奇事:自己遇到了一位神秘的美貌女子,女子沿着花草小径,向偏僻的山脚下走去。

听了这番话,亲戚露出诧异的神情,说:"那个方向没有人家呀。"

旅行者想起女子说的话:"墙板上挂着的衣裳,很像是我妹妹的衣裳。我妹妹去年失踪了……"不由得心生疑惑。

第二天，旅行者决定和亲戚一起，到昨天女子停留的那座房子看看。

南国的小岛气候温暖，天空令人陶醉，蜜蜂在花朵间流连。旅行者来到了昨天黄昏时见到的草房子跟前，那是一座完全破败了的房屋，并没有人居住。旅行者向墙板上望去，只见一张巨大的蜘蛛网上，悬挂着一对美丽的蝴蝶翅膀。

巧克力天使
飴チョコの天使

　　美丽的蔚蓝天空下有一座工厂，黑烟从矗立着的几根烟囱中冒出。这是生产巧克力的工厂。

　　生产出来的巧克力被装进小盒子里，运往四面八方，送到小镇、乡村和都市。

　　有一天，许多巧克力盒子被装上了车。从工厂出发，摇摇晃晃地经过长长的、高低不平的小路，运到了火车站，然后又从车站送往遥远的乡下。

　　巧克力盒子上画着可爱的天使，这些天使的命运却是各不相同。有的被扯碎，和废纸一起进了纸篓；有的被丢进了火炉；有的被扔在泥泞的小路上。孩子们只想吃到盒子里的巧克力，在他们看来，空盒子派不上什么用场。就这样，被扔在泥水中的天使，很快就会被板车那沉重的车轮压坏。

　　由于是天使，所以不管是被扯碎，被烧毁，还是被压坏，他们都不会流血，也不会疼痛。他们在人世间的这段日子里，经历了有趣的体验，也经历了悲伤的体验，最后，他们的灵魂都会飞向蔚蓝的天空。

现在，天使被装在车上，沿着长长的、高低不平的小路运往火车站。天使望着晴朗湛蓝的天空，望着树木掩映下的房屋，自言自语起来。

"那片黑色的、冒烟的房子，就是制造巧克力的工厂。这里的景色多么漂亮啊。远处可以看到大海，那边则有繁华的街市。既然要出门，我倒想去街市上看看，肯定有好玩的、有趣的东西。可是，我现在要去的是火车站。一定是要把我们装上火车，送到很远的地方。这样一来，我再也回不到这座城市，再也看不到眼前的风景了。"

想到要离开繁华的都市，去往遥远的、未知的地方，天使感到很难过。不过，自己会去什么样的地方呢？想到这里，天使又有些期待。

那天中午，巧克力盒子已经在火车上摇晃了。天使待在黑暗中，不知道此时火车到了哪里。

这期间，火车驶过原野，驶过小山脚下，驶过村庄旁边，然后，它经过大河上的铁桥，呼呼地朝东北方向前进。

这天傍晚，火车到达了一个冷清的小站，巧克力盒子被卸了下来。随后，火车噗噗地吐着烟，朝着晚风吹拂、暮色降临的原野飞驰而去。

接下来会怎样呢？巧克力天使半是不安，半是期待。不一会儿，装着几百盒巧克力的大箱子被运往镇上的点心铺。

可能是阴天的缘故吧，黄昏的镇子上几乎没有行人。天使心想，不知道要在这个冷清的镇子上，一动不动地待多少天。或许今后的很长一段日子就要这样度过，那可真是太无趣了。

画在数百个巧克力盒子上的天使，沉浸在不同的空想中。其中，有的天使希望早日飞上蓝天，有的天使愿意目睹最后的命运究竟如何，然后再返回天空。

当然，这里讲述的，是众多天使中的一位的故事。

有一天，一个男人拉着板车，来到了点心铺门口。他把约莫三十盒巧克力和别的点心一起装进了板车里。

天使心想，又要换地方了，究竟会去哪里呢？天使身处昏暗的板车车厢里，只听到板车在石子路上咔嗒作响，看样子，大概是走在宁静的乡间小路上。

半路上，拉板车的男人遇到了一个人，两人结伴同行。

"天气不错嘛。"

"渐渐暖和起来了。"

"这样的天气，雪很快都融化了。"

"你要去哪里？"

"把点心送到那边的村子里。这还是今年从东京来的第一批货呢。"

听了他们的对话，巧克力天使才知道，原来这里的田地、菜园里，还到处残留着积雪。

进入村庄后，小鸟在树上啾啾地鸣叫，从一处枝头飞到另一处枝头，鸣声悦耳动听。远处传来了孩子们的嬉戏声，板车嘎的一声停了下来。

这时，巧克力天使明白已经到了村子。不一会儿，车厢盖子打开了，男人取出巧克力，放在村里那间小小的粗点心铺门前，另外又摆上了各种各样的点心。

粗点心铺的老板娘把巧克力拿在手里，说："这些都是一毛钱的巧克力吧。要是有五分钱的，就拿进去吧。在这种地方，一毛钱的点心卖不出去呀。"

"净是些一毛钱的。那我留个三四盒吧。"拉板车的男人说。

"那就留下三盒吧。"老板娘说。

于是，只有三盒巧克力留在了粗点心铺里。老板娘把三盒巧克力放进大玻璃瓶，摆在从铺子外面就能一眼看到的地方。

男人把板车拉走了。接下来，或许还要转到别的村子

去。同一座工厂生产出来的巧克力，乘坐同一列火车，直到这里大家的命运都是一样的，然而接下来只能各自分别，去往不同的陌生地方。恐怕在这个人世间，天使们再也不可能见到彼此了，只有在飞上蓝天的那一刻，他们才能互相倾诉各自在人世间的命运。

天使待在玻璃瓶里，望着门前流过的小河，阳光照在水面上，闪闪发亮。没过多久，天黑了，乡下的夜晚还很冷，也很寂寞。不过，天亮以后，小鸟又来到树上唱歌。这一天，天气依然晴朗，远处的山峦云雾朦胧。孩子们来到点心铺前玩耍。这时候，巧克力天使开始想象，如果孩子们买了巧克力，把自己放在小河里，自己就可以顺水漂流，漂到那遥远的、云雾缭绕的山间。

然而，正如老板娘说的那样，村里的孩子是买不起一毛钱的巧克力的。

夏天到了，燕子飞了回来，在河面上映出可爱的身影。暑热正盛的季节里，旅行的人们来到店铺前休息，谈论各地的见闻，但他们谁也没有买巧克力。所以，天使既不能飞上天空，也不能离开这里到别处旅行。

时间流逝，玻璃瓶渐渐变脏，灰尘落了上去。巧克力天使过着忧郁的日子。

终于，天气又渐渐变冷，冬天再次到来，飘起了纷纷扬扬的雪花。天使已经厌倦了乡下的生活，但他什么也做不了。

天使来到这间点心铺，已经整整一年了。

这一天，一个老奶奶出现在点心铺里。

"我想给孙儿们寄点礼物，有什么好点心吗？"老奶奶问。

"老太太，没有什么高级点心。巧克力的话，倒是有几盒，行吗？"点心铺的老板娘说。

"把巧克力给我看看吧。"拄着拐杖、包着黑头巾的老奶奶说。

"您要寄到哪里去？"

"我要给东京的孙儿们寄年糕，想着顺便放些点心进去。"老奶奶答道。

"不过，老太太，这些巧克力就是从东京运过来的。"

"那倒没关系，就是我的一点儿心意罢了。这几盒巧克力我要了。"说着，老奶奶把三盒巧克力都买了下来。

没想到还能再次回到东京，天使非常高兴。

第二天晚上，巧克力天使已经在昏暗的、摇摇晃晃的货车厢里，沿着来时的同一根铁轨，朝大都市飞驰而去。

天明时分，火车到达了都市的车站。

这一天午后，包裹送到了收件人家中。

"乡下来包裹喽！"孩子们吵吵嚷嚷，高兴地跳了起来。

"寄来什么了呢？一定是年糕吧。"母亲解开包裹的绳子,打开盒盖。果然是乡下捣的年糕,另外,还有三盒巧克力。

"呀,奶奶特意给你们买的呢。"母亲把巧克力分给三个孩子,每人一盒。

"哇,巧克力!"看到好吃的东西,孩子们开心极了,把巧克力拿在手里,跑出去玩了。

早春的黄昏还有几分寒意。孩子们在街道上玩着"鬼捉人"游戏。孩子们时而从盒子里摸出巧克力自己吃,时而又扔一块给形影不离的白狗小不点,不知不觉中,盒子已经空了。一个孩子把盒子扔进了水沟,另一个孩子扯碎了盒子,还有一个孩子把盒子扔给白狗小不点。小不点叼着盒子,跑来跑去地撒欢。

天空还是那么蔚蓝,那是多么令人留恋的颜色。时令尚早,还没到百花盛开的季节,不过梅花已经吐露出清香。在这个宁静的黄昏,三个巧克力天使飞上了蓝天。

其中一个天使仿佛想起了什么,望向遥远的大都市上空。许多烟囱冒着黑烟,哪里是生产巧克力的工厂,已经看不清了。只有各处美丽的灯火,在雾霭中光影朦胧。

天空变成了靛青色。随着天使们越飞越高,天空也越来越明亮。在天使们的前方,美丽的星星灿灿生辉。

卖金鱼的老爷爷
金魚売り

　　水桶里，许多条小金鱼在悠悠地游泳。小金鱼的模样各不相同，有的全身红彤彤的，有的红白相间，有的头顶带一块黑斑。老爷爷把小金鱼分别放在前后两只水桶里，担在肩膀上，走在春天冷清的道路上。

　　小金鱼并不是老爷爷从批发商那里买来的，而是他从鱼卵一点点养大的。所以，老爷爷就像对待自己的孩子那样，真心疼爱着小金鱼们。

　　"不得不把它们卖掉，多么让人伤心啊。"老爷爷想道。

　　春天的风温柔地吹着，拂过老爷爷的面庞。绽放在路边的堇菜花、蒲公英花和蓟花等花朵，仿佛进入了梦乡。远处的原野上雾霭朦胧。

　　各种各样的回忆浮现在老爷爷的脑海中，往事里藏着欢快的笑声，也含有悲伤的哭泣。不知不觉中，这些回忆又消失得无影无踪，代之以其他新的想象。

　　走到有人家的地方以后，老爷爷叫道："金鱼哟——金鱼哟——"

孩子们听到叫卖声，不知从哪里冒出来，围住了老爷爷。不过，这些孩子一看就是淘气包，难保不会把木棍伸进金鱼桶里乱搅一通。老爷爷可不想把金鱼卖给他们。

"好漂亮的金鱼！"

"我更喜欢鲤鱼。"

"鲤鱼在河里吧？"

"有一次，我去河里钓鱼，看到一条大鲤鱼浮出了水面，就在我的钓钩前面。"

"是红鲤鱼吗？"

"黑鲤鱼，有一点儿红色。"

"是真的，不是吹牛。"

调皮的孩子们已经忘了金鱼的事，拿着木棒玩起了打仗游戏。

老爷爷面带笑容，望着天真嬉戏着的孩子们，片刻之后，才朝远处走去。出了村庄，老爷爷来到大路上，路边是连绵的松树。老爷爷坐到松树下，静静地望着水桶里那许多小金鱼。于是，每一条他亲手养大的小金鱼，都清晰地映入了老爷爷的眼中。

小金鱼们被老爷爷挑着走了很远的路，从一个陌生的城镇转到另一个城镇，从一个陌生的村庄转到另一个村庄。这期间，小金鱼们不得不和自己的兄弟姐妹、朋友分别。从今以后，自己和兄弟姐妹、朋友们，永远不能一起生活，不能一起游泳了。当然，自己出生、成长的那个故乡的小池塘，更是再也回不去了。

虽然小金鱼什么都没说，老爷爷却非常明白它们的心情。由于每天长路颠簸，有的小金鱼体力变弱了。老爷爷把精力不济的小金鱼单独放在一处，和别的金鱼分开。这是因为，身体健壮、精力旺盛的金鱼会欺负弱小的伙伴。这一点与人类社会并没什么不同。面对弱小的同类，有人会心生同情，也有人反而会嘲笑、欺侮他们。

对那些被水桶撞到鼻子，或者因为颠簸而体力衰弱的金鱼，老爷爷格外疼爱它们。

有一天，老爷爷挑着金鱼桶来到了一个小镇上，叫着："金鱼哟——金鱼哟——"

这时，从一户人家冲出来一个十二三岁的少年。少年的眼睛亮晶晶的，抬头望着老爷爷，说：

"让我看看金鱼吧。"

老爷爷觉得这是个诚实善良的好孩子，说了声"好，你看吧"，把金鱼桶放了下来。

少年兴致勃勃地看着两只桶里的金鱼，看看这个，看看那个。然后，眼神转到了老爷爷单独放着的那些没精神的金鱼身上。

"我想要这条圆圆的、尾巴长长的小金鱼。"少年说。

"孩子，这是条非常出色的小金鱼，不过现在身体有点儿虚弱。"老爷爷眯起了眼睛，说道。

"为什么身体虚弱？"

"走了这么远的路，头还被水桶撞了一下，它没有力气了。"

看着少年，老爷爷觉得这是个心地善良的好孩子。

"我会好好照顾它的，我想养这条小金鱼。"

"如果这样，小金鱼会很高兴的。"老爷爷说。

于是，少年买下了那条圆圆的、长尾巴的红白花小金鱼。另外，他还买了两三条别的金鱼。正要回家的时候，少年问："老爷爷，你还会到这里来吗？"

"明年我还会来。到时候，我要到你家看看小金鱼怎样了。"老爷爷说。

少年高兴地把小金鱼放进盆里，捧回了家。老爷爷和蔼的脸上洋溢着笑容，一边惦记着自己心爱的小金鱼，一边回头看了看少年的家，挑着金鱼桶离开了。

"金鱼哟——金鱼哟——"叫卖声渐渐远去。

那之后,老爷爷又去了很多城镇,转了很多村庄,四处叫卖金鱼,从春天一直忙到夏天。就这样,四面八方的人家,都买到了老爷爷亲手养大的金鱼。

再说那个少年,他从老爷爷手里买下了身体虚弱的小金鱼,并且细心地照料着它。小金鱼一下子和大伙儿分开,感到很寂寞。不过,它能够和两三个朋友一起,在宁静明亮的水里安安稳稳地生活,于是渐渐地有了精神。这样过了三五天,过了七八天,小金鱼已经完全恢复了原来那健康活泼的样子。

庭院里绽放着五颜六色的花朵,小金鱼从水中观赏着这些花朵,有时也会凝望那温柔的月光。它再也没有见到那位疼爱自己的老爷爷,不过少年每天都朝水里张望,给它们喂食,给它们换上干净的水,照料得非常周到。小金鱼渐渐地淡忘了老爷爷。

夏天过去了,秋天也溜走了,时序转到了冬天。然后,又一个春天到来了。

有一天,少年听到外面传来了"金鱼哟——金鱼哟——"的叫卖声。

"卖金鱼的老爷爷来了!"少年立刻冲出了家门。他一直盼望着再见到去年卖金鱼的老爷爷。

看到少年,老爷爷高兴地笑了,问道:

"孩子，去年的小金鱼还好吗？"

老爷爷并没有忘记是这个少年买下了身体虚弱的小金鱼，并答应好好照料它。

"老爷爷，小金鱼都很健康，它们都长大了。"少年回答。

"是吗，让我看看吧。"说着，老爷爷来到了棣棠花开放的院子里，来到大金鱼缸旁边仔细打量。

"噢，噢，长大喽！"老爷爷开心极了。

少年又从老爷爷那里买了两条小金鱼，老爷爷还额外送了他一条漂亮的金鱼。

"老爷爷，明年你还会来吗？"分别的时候，少年问道。

"孩子，要是我身体还硬朗，我就来。"老爷爷答道。

不过，老爷爷并没有说一定会来。因为，他已经上了年纪，徒步走这么远的路，感觉越来越吃力了。老爷爷打算在家乡的田圃里种些玫瑰花，安安静静地生活下去。

红船和燕子
赤い船とつばめ

傍晚,一艘红船抵达了海岸。红船来自南方的国度,是他们的国王派来迎接燕子们的。

燕子们已经在北方待了很久,它们在北方蔚蓝大海的上空飞翔,在电线杆上停留,啾啾地鸣叫。此时,秋风轻轻地吹动,树叶染上了红色,燕子们该返回南方的家园了。这些小鸟生来不耐寒冷,只能在温暖的地方生活。

国王想起又到了燕子归来的时节,就派遣红船前来迎接。燕子们为了不错过上船的时间,每到这个时节,就来到海岸附近时刻留意。当红船的身影出现在海浪间,它们就会欣喜地啾啾欢唱。

早早发现红船的燕子为了把消息告诉伙伴们,会高高地飞上天空,翻转着藏青色的美丽翅膀,叫道:"红船来啦!哎,启程的时间到了!快告诉远处的朋友们吧!"

其中,有些燕子还在远处,不知道红船到来的消息。这些燕子在村庄里交到了其他好朋友,朋友们说"不要急着回去嘛"，所以拖得晚了些。

红船在海边停靠了四五天，每天都有燕子从四面八方飞来。红船等待着它们，直到好多好多燕子上了船，最后，连桅杆上都停满了燕子，再也没有空位子了。于是，红船静静地离开了海岸。

红船通常选择月光明亮的夜晚启程，这是因为，在漫长的海上旅行中，如果看不到风景，未免太乏味无聊。而且，半路上或许还会有燕子飞来投奔红船。

有一次，一只燕子从很远的地方匆匆地赶来乘船，可是当它到达的时候，红船已经出发了。

燕子非常失望，无奈之下，它决定用树叶当小船，乘着树叶返回南方。除此之外，再没有别的办法可以到达大海的彼岸。

白天里，燕子衔着树叶飞行；到了晚上，就把树叶当成小船，在叶面上休息。就这样，燕子继续着它的旅行。一个夜晚，燕子遭遇了强烈的暴风，它又惊慌又害怕，紧紧地衔住树叶，飞上黑沉沉的高空，使出全身的力量与暴风搏斗，拼命地飞了一整夜。

天亮了，燕子看到遥远的下方，一艘红色的船由于暴风的袭击，已经倾覆在海浪之间。那正是国王派来迎接燕子们的红船。燕子急忙赶回南方，向国王禀报了红船的情形。

经过这次事件，国王终于明白：依靠自己的力量，才是最让人安心的。从第二年开始，国王停止了红船的派遣。

月夜与眼镜

月夜と眼鏡

　　正是一年中的好时节。城镇里也好，原野上也罢，到处都枝繁叶茂，绿意葱茏。

　　这是一个宁静的、月光明亮的夜晚。在安静的城郊住着一位老奶奶。此时，老奶奶正一个人坐在窗下，做着针线活儿。

　　煤油灯柔和地照亮了四周。老奶奶上了年纪，眼神模糊，不容易把线穿到针孔里。她一遍遍地对着煤油灯瞄准，又用满是皱纹的手指头捻着细细的线。

　　月光泛着淡淡的蓝色，照耀着这个世界。树木、房屋和小丘，仿佛浸在微暖的水中。老奶奶一边做着活儿，一边回想起自己的年轻时代，又想到了远方的亲戚，想到了住在别处的孙女。

　　周围静悄悄的，只有柜子上的闹钟发出嘀嗒嘀嗒的声音。时不时地从人来人往的热闹大街方向传来叫卖声，偶尔还听到隐约的轰鸣，大概是有火车经过。

老奶奶坐在窗下,心神有些恍惚。此时自己身在何处,在做什么?她似乎连这些也记不起来了,只有梦幻般的安宁心境。

这时,外面传来了嗒嗒的敲门声。老奶奶朝着声音的方向侧耳倾听,她的耳朵已经不很灵敏,而且这么晚了,应该不会有人来拜访才是。一定是风声吧?风就是这样,总是漫无目的地掠过原野,吹过城镇。

接着,老奶奶身边的窗下,响起了轻轻的脚步声。和平常不同,这一次老奶奶听到了脚步声。

"老奶奶,老奶奶!"有人在呼唤。

一开始,老奶奶以为是自己听错了,就没有动。

"老奶奶,请打开窗吧。"那人又说话了。

老奶奶终于确定外面有人在跟自己说话,站起身打开了窗户。屋外是青白色的月光,将四周照得像白天一样明亮。

窗下站着一位个头不高的男人,正仰着头朝上看。男人戴着黑边眼镜,留着胡须。

"你是哪位?我好像没见过你。"老奶奶说。

老奶奶望着男人陌生的面孔,心想可能是他走错了人家。

男人说:"我是卖眼镜的人,我这里有各种各样的眼镜。我还是第一次来这个小镇,这真是一个漂亮的、让人愉快的地方。今晚月色很好,所以我还在边走边卖眼镜。"

老奶奶正在为眼睛花了、无法穿针引线而苦恼,于是问道:"你那里有没有合适的眼镜,让我能看清楚?"

男人打开手中的箱子,挑选有可能适合老奶奶的眼镜。片刻之后,他取出一副大大的玳瑁框眼镜,送到了探出身来的老奶奶的手中。

"戴上这副眼镜,保证您看得清清楚楚。"男人说。

在男人的脚下,窗外的地面上绽放着各种各样的花朵,有白色的,红色的,也有蓝色的。花朵在月光中泛着暗暗的光影,散发出阵阵芬芳。

老奶奶戴上眼镜,望着那边闹钟上的数字,还有日历上的字,每一个字都清晰可见。老奶奶甚至觉得,在几十年前,自己还是个年轻姑娘的时候,大概就像现在这样,每一个字、每一样东西都清清楚楚地映在眼里。

老奶奶欢喜极了,说:"就是这副,我要了。"

说着,老奶奶立刻买下了眼镜。

老奶奶把钱递了过去,那个戴着黑眼镜、留着胡须的男人随即离开了。男人的身影消失了,只有花朵们还像原来一样，在夜空中吐着香气。

老奶奶关上窗子，坐回到原处。这下子，她可以轻松地把线穿进针孔里了。老奶奶一会儿戴上眼镜，一会儿又摘下来。一方面是因为她像小孩子似的觉得很稀奇，想多试几次；另一方面是她平常不戴眼镜，骤然戴上去感觉有点儿怪怪的。

老奶奶再次把眼镜摘下来，放到柜子上的闹钟旁边。时间已经很晚了，老奶奶收拾起针线活儿，打算休息了。

这时，外面又传来了嗒嗒的敲门声。

老奶奶侧耳倾听："今天晚上真奇怪，好像又有人来了。已经这么晚了……"

说着，老奶奶看看闹钟，虽说外面月光很亮，其实夜已经深了。

老奶奶站起身，走到门口。嗒、嗒、嗒，敲门声听起来很可爱，似乎是一只小手在敲。

"这么晚了……"老奶奶自言自语地打开门。门外站着一个十二三岁的美丽女孩，女孩眼里似乎泛着泪花。

"你是谁家的孩子？这么晚来到我家，是什么缘故哇？"老奶奶疑惑地问。

"我在镇上的香水作坊里做事，每天把从白玫瑰中提取的香水装进小瓶子。晚上，我总是回去得很迟。今晚我也在工作，看到月色这么美，就一个人散步回去。可是，我不小心绊到了石头，脚趾受伤了，疼得忍受不住，血也流个不停。

这个时候,大家都已经睡了,经过您家门前的时候,发现奶奶还醒着。我知道您是一位又亲切、又温和的奶奶,就不由自主地敲了您家的门。"美丽的长发少女说道。

沁人心脾的香水味儿似乎已经浸入了少女的身体,在说话的时候,老奶奶嗅到了扑鼻的芬芳。

"这么说,你认识我?"老奶奶问。

"我经常路过您家门前,看到奶奶坐在窗下做针线活儿。"少女答道。

"噢,真是个好孩子。来,让我看看你受伤的脚趾,我给你涂点药。"

说着,老奶奶把少女领到油灯前。少女露出可爱的脚趾,白皙的脚趾还在流着鲜红的血。

"哎呀,真可怜,让石头给碰破了。"老奶奶喃喃地说着,不过她的眼睛毕竟花了,看不清血是从哪里流出来的。

"刚才的眼镜呢?"老奶奶到柜子上寻找。眼镜就在闹钟旁边,老奶奶想赶紧戴上,好好看看少女的伤口。

老奶奶戴上眼镜,打算仔细地看一下这个美丽的、经常从门口路过的少女。一眼望去，老奶奶不禁目瞪口呆。在那里的，根本不是什么女孩，而是一只美丽的蝴蝶！老奶奶想起来，据说在宁静的月夜里，蝴蝶经常会化作人形，拜访深夜还未入睡的人家。而眼前这只蝴蝶，脚确实受了伤。

"好孩子，到这边来。"老奶奶温柔地说。

然后，老奶奶先行一步，走出房门，转到了后花园里。少女默默地跟在老奶奶身后。

花园里，五颜六色的花朵开得正烂漫。白天里蝴蝶、蜜蜂都会聚集过来，熙熙攘攘，非常热闹。现在这里却一片寂静，蝴蝶们似乎都躲在叶片下休息，做着甜甜的梦。只有青白色的月光，如水一般流泻。那边的篱笆上，白色的野蔷薇枝叶繁盛，绽放着白雪般的花朵。

"姑娘，去哪儿了？"老奶奶忽然停下脚步，朝身后望去。不知何时，身后的少女已经不见了踪影，也听不到脚步声了。

"大家晚安。好了，我也睡吧。"说着，老奶奶走进了屋里。

真是一个美好的月夜。

多年以后
幾年もたった後

一个阳光明媚的日子,父亲牵着小儿子的手走在路上。

前一天刚刚下过雨,地面上还留存着好多水洼。阳光照耀在水面上,闪烁着美丽的光辉。

走到水洼跟前,孩子停下了脚步,伫立在那里盯着水洼。

"宝贝,那是水洼。踩进去的话,会把脚弄脏的,走这边吧。"父亲说。

孩子好像没有听见,笑眯眯地抬起脚,打算用脚尖去碰碰水面。

"脚会弄脏的!"父亲强拉住孩子软软的、白白的手腕。

孩子总算跟着父亲继续往前走了,可是走不上几步,他又站住了,望着垂到头顶上的树枝,开心地笑起来。

不知道那是一棵什么树,碧绿的叶子茂密极了。一片片绿叶仿佛青玉似的,在阳光下熠熠生辉。

看到树叶的摇动,孩子就快活地笑;遇到水洼,孩子就饶有兴趣地观察。每当看到这样的情形，父亲不由得想道，在孩子的眼中，世界是多么美妙哇。

父亲拉着孩子的手，缓缓地走在路上。忽然想起，自己也有过这样的童年时光。

"我自己也这样走过路，我眼中的世界，曾经也那么美妙过。应该是这样吧。"父亲想。

然而，到了现在，从前的事已经完全忘记了。不仅是这位父亲如此，所有人都一样，随着时间的流逝，曾经体验过的事情都会渐渐地淡忘。即便想要再次体会一下其中的滋味，也无法回想起来了。

"哦，那是一种什么样的心情呢？真想再回到小孩子的时候哇。"父亲满怀感慨地想。

父亲是位温和善良的人。他认为，小孩子对世上的种种还一无所知，在孩子的心中，一切都那么美好，一切都仿佛面带笑容，这种天真无邪的心境真是可爱。所以，父亲尽可能温和地对待孩子，去理解他们的心思。

孩子走了几步，捡起脚边的小石子，仿佛什么稀奇东西似的，看个没完。过一会儿，看到鸡在觅食，孩子又停了下

来，嘴里"咕咕、咕咕"叫着，看得入了迷。然后，看到小狗在玩耍，孩子又站住了，一动不动地注视着小狗。"汪汪呀，汪汪呀。"孩子一边叫着，一边伸出小手召唤小狗。那可爱的呼唤声，真的是从心底发出的温柔声音。

对孩子来说，树叶、小草、小石子、鸡和小狗都是他的朋友。父亲虽然觉得有点儿麻烦，但还是让孩子随心所欲地玩耍，自己站在一旁，望着孩子出神。

"人为什么不能永远保留童真的心呢？为什么随着年龄的增长，就会心怀恶意，抱持错误的念头呢？啊，真想再做一回小孩子啊，再一次对这个世界一无所知，看待一切事物都觉得那么美好。可是，就像流水一去不回头，我也不可能再变回小孩子了。"父亲边走边思考着。

就在这时，忽然，父亲的耳边响起了一个声音："不要担心，你可以再做一回小孩子。"

父亲吃了一惊，谁在说话呢？他转动着头，四处张望，可是周围并没有人。况且，别人也不可能知道他心里的念头。

真是不可思议啊。父亲这样想着，仰头望向天空，只见太阳圆圆的脸上洋溢着笑容。

刚才说话的，大概就是太阳吧。于是，父亲说道：

"我真的可以再一次回到童年吗？我经历了世间的辛苦，我的头脑中，已经没有'天真无邪'这种东西了。无论我怎么努力，都没办法把树叶、小石子和小狗当作朋友。我怎么还能重新变回小孩子呢？"

"我会让你再次成为小孩子的。"太阳说。

父亲觉得，这大概是自己的空想，就算是太阳，也不可能说出这样的话啊。莫非，太阳的意思是，等自己死后，再重新降生到这个世界，就可以成为小孩子了？于是，父亲向太阳问道：

"您说的是真的吗？在我死去之前，我还可以再次成为小孩子？"

太阳说："是的。在你死去之前，我会让你再次成为小孩子。"

"啊，太开心了！"父亲抱起了自己的儿子。

"小孩子自己，并不会因为自己是小孩子而开心，他们是认真的。大人们要仔细倾听孩子们说的话，要认真地对待他们。"说这番话的时候，太阳变得很严肃，没有了一贯的和蔼可亲的笑容。

此时的父亲还很年轻,后来,他就忘记了太阳说过的话。偶尔记起来的时候,他也会觉得,太阳怎么会说话呢?那些话只不过是自己想象出来的罢了。渐渐地,当年的小儿子长大了。当儿子长到父亲当时的年纪,儿子也有了自己的孩子,父亲则老了。也就是说,当年的父亲有了孙儿,年事已高的父亲终于成了一位老爷爷。

这是一位亲切的老爷爷,温和地疼爱着孙儿们。孙儿们叫着"爷爷,爷爷",围绕在他的身旁。可是老爷爷已经太老了,无法好好地照看孙儿们了。

而且,不知不觉中,老爷爷忘记了世间的嘈杂和纷扰,忘记了心神的疲惫,忘记了痛苦和忧伤。

老爷爷的眼睛,就像孩子的眼睛一样清澈美好。映在他眼中的一切,都显得那么美妙。路边绽放的山茶花、菊花,仿佛都有灵魂,正在讲述着什么。老爷爷停住拐杖,挺起腰,入迷地望着那些花朵。

小鸟来到树梢婉转鸣唱,老爷爷又会停下脚步,陶醉地倾听小鸟的歌声。

有一天,孙儿们拉着老爷爷的手走在路上。

"爷爷,这里有个水洼。你踩着木板过去吧,咚、咚,就这样走。"

按照孙儿们告诉的法子,老爷爷走过了水洼。

对老爷爷来说，这个世界是那么美，那么辽阔。

太阳从高空俯视着大地，望着这幅情景，太阳露出了笑容。

从前，老爷爷正是这样拉着孩子的小手，走在这条路上。如今，则是孙儿们拉着他的手，一步步前行。

当年的父亲，曾经说"真想再做一回小孩子啊"，所以，太阳答应"我会让你再次成为小孩子的"。那时，他显得非常高兴。现在，他果然和小孩子一样了。

想到这里，太阳朝走在路上的老爷爷问道："三四十年以前，你曾经说过，想变回到小孩子，你现在是怎么想的？"

可是，老爷爷仿佛没有听见，只顾一步一步地缓缓前行。正像小孩子一样，老爷爷并不明白太阳的话。

小红鱼和孩子
赤い魚と子供

小河里有很多鱼儿。

到了春天,各种各样的花朵在河边绽放。树木将枝条伸展到了河面上,枝头上盛开着绯红的、浅红的花朵,美丽的花影倒映在水面上。

河里的鱼儿们没有什么好玩儿的,它们仰起头,望着映在水面上的花朵,感到欢喜极了。

"多么美丽的花朵啊!水面之上的世界里,有好多那么美好的事物。来生我们一定要生活在陆地上。"鱼儿们议论纷纷。

其中,鱼宝宝们还连蹦带跳,闹哄哄地朝着遥不可及的花朵冲去。

"妈妈,我想要漂亮的花朵。"它们说。

鱼妈妈告诫孩子们:"那些花朵只可以远远地看看,即便花瓣落到了水里,也绝对不可以吃。"

孩子们并不相信妈妈的话。

"为什么？妈妈，花瓣落下来以后，为什么不可以吃？"鱼宝宝们问道。

妈妈望着孩子们，若有所思地说："自古以来就有一种说法，不可以吃掉花瓣。据说，如果鱼类吃了花瓣，我们的身体就会发生变化。不可以吃的东西，不管是什么，还是不碰为妙。"

"那么漂亮的花朵，怎么就不能吃呢？"一条鱼宝宝歪着脑袋，疑惑不解。

"花朵纷纷落到水面上的时候，该有多么美啊。"另一条鱼宝宝的眼睛闪闪发亮。

于是，孩子们每天仰望着水面，期待着花落的日子。只有鱼妈妈为孩子们不肯听从自己的告诫而忧心忡忡。

"希望孩子们不要趁我不注意，偷偷吃下花朵。"鱼妈妈自言自语。

从早晨到夜晚，蝴蝶和蜜蜂都会来拜访这些开花的树木，熙熙攘攘，十分热闹。就这样，过了一天又一天，花朵盛开的时节结束了。有一天，一阵风吹过，花瓣纷纷扬扬地飘落到水面上。

"啊，花瓣落下来了！"河里的鱼儿们欢腾起来。

"啊，多么美的景象！不过，希望孩子们不要一不小心，吃下了花瓣。"大鱼们有些担心。

花瓣漂在水面上，渐渐地漂远了。可是，新的花瓣又绵

绵不绝地散落下来。

"花朵的味道，一定好极了。"

终于，有三条鱼宝宝吞下了花瓣。

第二天，鱼妈妈看到孩子们的模样，默默地流下了眼泪。

"我那样告诫你们，不要吃下花瓣……"鱼妈妈说。

鱼宝宝本来都是些小黑鱼，现在，其中两条变成了红鱼，一条则变成了红白相间的斑点鱼。

母亲的悲叹是有道理的。这三条鱼宝宝看起来漂亮极了，是河里最醒目的小鱼。而且，河水非常清澈，在岸边望去，一眼就能看到三条小鱼在嬉戏。

"如果让人类看到，他们一定会捕捉你们的。所以，千万不要浮到水面上。"鱼妈妈警告孩子们。

人类的孩子们，每天都从街上来到河边玩耍。这些孩子们中，有人发现了小红鱼。

"这条河里居然有金鱼!"发现了小红鱼的孩子说。

"什么?河里怎么会有金鱼?一定是红鲤鱼。"另一个孩子说。

"红鲤鱼怎么会在这条河里呢?那是妖怪。"其他孩子说。

孩子们一门心思想要抓住小红鱼,每天都到河边来。

孩子们的母亲担忧起来,教训他们道:"为什么天天跑到河边去?"

"河里有小红鱼嘛。"孩子答道。

"哦,那条河里从前就有红鱼。不过,如果抓到红鱼,就会发生不好的事情,所以,你们千万不要到河边去。"妈妈说。

可是,孩子们却没把妈妈的话当真。他们还是每天在河边转来转去,想抓住小红鱼。

终于有一天,孩子们把三条小红鱼都抓住了。然后,他们把小红鱼带回了家。

"妈妈,我们抓住小红鱼了!"他们叫道。

妈妈看了看孩子们捕捉回来的小红鱼，说："哦，多么小、多么可爱的红鱼啊。这些小鱼的妈妈，现在该有多么难过呀。"

"妈妈，小鱼也有妈妈吗？"孩子们问。

"有啊。鱼妈妈的孩子不见了，它现在一定非常担心。"妈妈答道。

听了妈妈的话，孩子们觉得小鱼很可怜。

"我们把小红鱼放了吧。"一个孩子说。

"嗯，我们把它们放到大河里，这样的话，就没有人能够捉住它们了。"另一个孩子说。

孩子们把三条漂亮的小红鱼带到郊外的大河，把它们放进了水里。然后，孩子们忽然想到一个问题：

"那三条小鱼，真的还能见到它们的妈妈吗？"

这个问题没人知道。从那之后，孩子们放心不下，来到捕捉三条小红鱼的小河边寻找，但再没有见到小红鱼的身影。

夏天的黄昏，西面的天空中时常出现仿佛小红鱼一样的云彩，飘浮在镇子上矗立着的塔尖上。每当看到这幅情景，孩子们总会感到一阵悲伤。

两种命运
二つの運命

在一个暴风雨即将到来的日子，一只蝉遇到了一只小蝴蝶。

蝉说："你看天空的样子，多么可怕啊。今晚恐怕有暴风雨，快点回家吧！"

性格温顺的蝴蝶抬头望了望天空，答道："真的，天暗下来了，乌云滚滚地涌了上来。快回家吧！"

它俩顶着风飞在空中，小蝴蝶飞不快，蝉有些着急了。

它问："蝴蝶，你的家在哪里？"

蝴蝶说："我的家就在那边的花田里。姐妹们都在等着我呢。"

"就在那块脆弱的花田里？那种地方，怎么能抵挡今晚的大风呢？"蝉一脸无法理解的表情。

蝴蝶又抬头望了望天空，天空的情景愈发可怕了。

蝴蝶问蝉："你的家在哪里？"

蝉显出了几分得意，答道："我的家？在一棵大树上。

再往前一点儿，就能看到了。大树枝繁叶茂，强壮极了，能够遮风挡雨。无论刮多大的风，大树都是安全的。我是没办法过你那种不安定的生活的。"

往那边飞，是一棵黑黝黝、枝叶茂密的大树，而往这边，则是一块绽放着许多美丽花朵的花田。蝉和蝴蝶要在此处分别了。

蝉说："好了，蝴蝶，今晚你要多加小心。如果咱们都平安无事，回头再见面。"

蝴蝶说："你也多保重。我会向神明祈求你平安幸福。"

然后，它们一个向左，一个向右，各自回家了。

"可怜的蝴蝶，谁知道还能不能再见到它呢。"一路上，蝉这样想道。

那天夜里的暴风雨，果然恐怖得无法形容。蝉虽然依靠着大树，但也有好几次差点被大风吹落，吓得心惊胆战。而且，它也没法睡觉。暴雨从茂密的枝叶缝隙里泻下，树叶发出巨大的轰响，仿佛大浪涌上海岸，水花飞溅。蝉还从未体会过如此惊恐不安的心情。

"这样的暴风雨，可怜那只蝴蝶，恐怕已经死了。"在恐惧之中，蝉仍然想到了蝴蝶。

第二天，雨停了，风也止住了。蝉飞往花田的方向，想去看看蝴蝶怎样了。这时，它正好遇到了蝴蝶。

"你好！"蝴蝶向蝉打招呼。

蝉露出了意外的神色，问："昨天晚上没事吗？"

小蝴蝶精神抖擞地说："真是可怕的暴风雨啊。大伙儿抱在一起，瑟瑟发抖。我很担心会出什么事，还好大家都平安。太阳出来了，我又有了精神。"

蝉在心里可怜蝴蝶：虽说昨晚蝴蝶运气不错，勉强活了下来，但下一场暴风雨来临时，恐怕花朵就会凋零，蝴蝶也会死去。蝴蝶却没想到这一点，真是可怜。

"蝴蝶，秋天日益临近，我们都不得不思考一下死亡的问题了。"

话虽如此，蝉心里想的却是：自己藏身在大树茂密的枝叶间，即便天气变冷，大概也没有那么可怕。

"一想到天气要变冷，我就浑身发抖。一想到我的家——那朵温柔的花儿，总有一天会凋谢，我就心痛得要命……"蝴蝶太害怕了，身体颤抖着。

"如果我们还健康，那就能再见面。趁着现在，尽情地跳舞，尽情地飞翔吧。"

蝉十分同情蝴蝶，说了这番话安慰它，然后就离开了。

风一天比一天猛烈起来。以前，风是从南方吹来的，如今它从西方吹来，从北方吹来。这些风似乎越过了遥远的、冰封雪盖的高山顶，变得冰凉，变得寒冷。蝴蝶显得忧心忡忡。

一直快活歌唱的蝉，声音变弱了。这个世界骤然变了样，它俩再也没有遇见过，再也没有聊过天。

终于，到了霜降的日子，对所有的昆虫来说，再没有比这可怕的时候了。天亮了，四周一片沉寂，没有一丁点儿声响。草和树叶蒙着白霜，已经枯萎了。所有的昆虫，几乎都在这个夜晚死去了。

在那棵大树下，曾经幻想过自己可以幸存的蝉，已经变成了尸体，落在了地面上。小小的蚂蚁们早已嗅到气息，不知从何处赶来，围住了蝉的遗骸。

花田里的景象十分凄凉，花朵委顿在地，已经面目全非，却依然将小蝴蝶抱在怀里。直到最后，小蝴蝶和花朵依然相依相伴，随顺着命运的安排。花朵上的小蝴蝶微微颤动着破碎的翅膀，等待着即将升起的太阳。

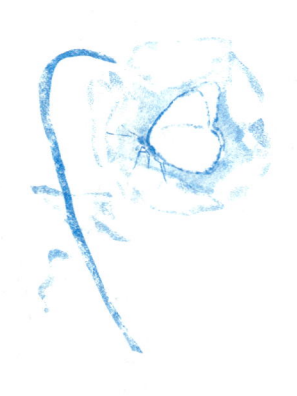

小猴和母猴
子ざると母ざる

有一天，猎人来到山里，看到一只小猴正在捡果子吃。冬天马上就要到了，树叶被染成了红色，各种各样的小鸟叽叽喳喳地叫着。

猎人蹑手蹑脚地靠近小猴，心想："奇怪，只有一只小猴，母猴去哪儿了？"

他环顾四周，却不见母猴的踪影。

"一定是小猴趁着母猴不注意，偷偷跑出来玩。用猎枪去打，未免太可怜了，还是活捉吧。"

猎人取下腰间的绳索，做了一个绳套。然后，他攥着绳子的一头，躲藏在树后。

小猴毫无觉察，一门心思地捡果子。不知不觉中，小猴进了绳套里，眨眼间就落到了猎人手里。

猎人回到村里，把小猴拴在门前的树上，打算稍微驯服它一点，就带到城里卖掉。

村里的孩子们纷纷跑来看小猴，丢给它红薯、柿子之类的食物。小猴灵巧地接住吃起来，但总觉得没有山林中捡到的果子好吃。寒冷的西风吹过，树枝在风中摆动，看到这幅情景，小猴非常思念山里的家。

"真想回家呀。可是我不认识路，而且，靠我自己的力气，也没办法弄断腰上的锁链。"

滚烫的泪珠，从小猴的眼中落了下来。

就在这时，一位拄着拐杖的白胡子老爷爷走了过来。

老爷爷对猎人说："我的孙儿们想要这只小猴子，你能卖给我吗？"

猎人说："噢，原来是酒馆的老爷子。您要是肯买小猴子，我就不用把它带到城里了，省了这趟辛苦。"

于是，从这天起，小猴成了酒馆的小正和香音子的玩伴。

香音子和小正都想独占小猴。

"小猴子是我的！"小正说。

"不对，小猴子是我的！"香音子说。

"不对，是我的！"

两人争吵不休，跑到爷爷跟前评理。

爷爷笑眯眯的，没法断定谁对谁错，只得说："是谁的呢？这个嘛，最好去问问小猴子。"

两人又来到小猴子跟前。

"小猴子，你是我的，对吧？"小正说。

"小猴子，你是我的！"香音子说。

小猴虽然聪明伶俐，被这么一问，也犯了愁。它歪着脑袋想了一会儿，答道：

"谁对我好，我就是谁的。"

不过，小正和香音子，能明白小猴的回答吗？

再说山里的母猴。自从小猴被猎人带走，母猴一天到晚都在牵挂小猴，没有一刻忘记。

"那孩子现在怎么样了？我千叮万嘱，不要自己跑到远处玩，它就是不肯听。结果成了这个样子……"

母猴望着乡村的方向，担心极了。

没料到，山里的乌鸦飞到了母猴身边，把自己的见闻告诉母猴：

"不要担心。小猴现在很好，人们很疼爱它。"

听了乌鸦带来的消息，母猴高兴极了，连连向好心的乌鸦道谢。这期间，开始下雪了，山里和原野上都变得白茫茫的。

母猴向乌鸦打听到小猴所在的地方，连夜下了山，走过白雪覆盖的原野，来到了小猴所在的那户人家。

这是一个寒冷的夜晚。小猴被裹在箱子里的稻草中，已经睡着了。这时，不知是谁把它摇醒了。小猴惊讶地睁开眼睛，只见自己日思夜想、天天梦到的妈妈，正从上方看着自己。

"妈妈!"

"嘘,别出声。我把拴住你的链子弄断。"

母猴拼命地啃咬和撕扯锁链,鲜血从指尖和嘴唇上流了下来,终于把结实的锁链弄断了。母子俩欢喜地抱在一起,连滚带爬地逃了出去,冒着雪奔向大山。

雪地上留下了两只猴子的脚印,还有斑斑点点的血迹。也许是神明怜悯这对母子,想要阻挡猎人的追赶,从黎明时分开始,来了一场暴风雪。到处都是白茫茫一片,找不到小猴的丝毫踪迹。

小正和香音子一早起来,看到小猴不见了,该有多么吃惊啊。不过,如果他们知道小猴回到了山里,一定会说"太好了",为小猴感到开心的。

红雀
紅すずめ

有一天，知更鸟站在枝头，用美妙的声音婉转鸣唱。一只麻雀为歌声所吸引，从别处飞了过来。

"我们雀类之中，居然有叫声这么好听的！"麻雀感到不可思议。

麻雀停在知更鸟旁边的树枝上，仔细打量这只欢唱中的鸟儿。看它的模样，看它的大小，还有它的毛色，都跟自己差不多嘛。

麻雀想来想去，心里有些不平。自己身为麻雀，为什么就不能发出悦耳的声音？同样有翅膀，有嘴巴，有两条腿，为什么只有声音是不同的？如果麻雀们能叫得这么动听，一定也会得到人类的喜爱。

麻雀虽然心里不平，但没有作声，认真地听了一会儿知更鸟的欢唱。这时，或许也是被知更鸟的叫声吸引，一只乌鸦飞过来，停在了附近的树枝上。

看到乌鸦拍打着强壮的翅膀飞来，知更鸟似乎吃了一惊，不过还是做出若无其事的样子，继续歌唱下去。

这只模样和自己差不多的知更鸟，竟然受到大家的羡慕，麻雀心里越发不平衡了。

终于，麻雀忍不住向知更鸟问道：

"知更鸟，为什么你的声音这么好听？告诉我原因吧。我也同样是鸟儿，而且跟你模样差不多，可是，你的歌声却如此动听，是谁教给你的？告诉我吧。我一定也去学习。"

知更鸟这才停止了歌唱，转头看向麻雀，说：

"麻雀，我理解你的疑惑。这其中有个缘故，你知道当年太阳沉入深谷时的事吗？我们知更鸟的祖先，和碰巧在场的这位乌鸦兄的祖先一起，用绳索系住太阳，千辛万苦地将太阳从谷底拉到天空。为了鼓励大伙儿，我的祖先吹笛鸣笙，放声歌唱。于是，后世子孙就有了悦耳的声音。而你们麻雀的祖先，那时候依然在田地里、原野上飞来飞去，并没有帮忙出力，所以世世代代一直过着平凡的生活。"

麻雀默默地听着，困惑地歪了歪脑袋，说：

"真的吗？实在太难为情了。如果是这个缘故，那我马上去太阳那里，向太阳道歉。太阳一定会原谅麻雀祖先的怠慢，赐给我美丽的翅膀，还有像你那样动听的歌喉。"

这只麻雀还很年轻，而且心地单纯。知更鸟静静地盯着一个地方，思考了一会儿，说：

"麻雀，这并不是一件容易的事。你看太阳闪耀的地方，云朵在飞快地涌动,对吧?那是因为,那里终日刮着大风,你一定会被大风吹跑。首先,你得想办法顶住大风。"

麻雀仰望着天空。

"的确,云朵在飞快地涌动。正如你说的,似乎刮着大风。我这小小的身体,怎样才能不被大风吹跑,飞上高高的、高高的天空呢?你能教教我吗?"

"既然你问了,我就告诉你怎么才能做到。接下来的三年间,你要到波涛汹涌的海面上,在海风中练习飞行。当完成这些训练,你就可以飞上高空,去太阳所在的地方了。"

麻雀满心钦佩,侧耳聆听着美丽的知更鸟的教诲。

乌鸦原本一声不吭地听它们说话,这时忽然嘎嘎叫着飞走了。知更鸟俯视着麻雀,说:"那么,再见喽。"

留下这句话,知更鸟朝着与乌鸦相反的方向,也飞走了。

枝头上只剩下了麻雀自己。此时,它做出了一个决定。

没过多久,麻雀向着北方飞去,消失了踪影。

有时候,麻雀混在岩燕群里,一边俯视着击碎在岩石上的白浪花,一边在海面上空飞翔。有时候,在狂风大作的日子里,或者在海浪汹涌、乌云翻滚的日子里,麻雀夹杂在白鹭群中,练习冲开波浪,在半空中翻转。

春夏秋冬,季节轮转。就这样,可怜的麻雀在海上度过了三年。这期间,它和白鹭、岩燕,以及从寒冷北国迁徙而来的各种鸟儿生活在一起。

三年中也有宁静安稳的时光,碧蓝的天空晴朗无云,辽阔的大海懒洋洋地将波浪推向岸边,"哗——哗——",仿佛梦境一般祥和。这样壮美的景色,是麻雀在原野、林间和田地里飞来飞去的时候,绝对不可能见到的。

而且,夏天的傍晚,可以看到太阳像一个红彤彤的巨大火球,悄无声息地滚落下去,沉入大海。每当这种时候,小小的麻雀就会想起很久以前,乌鸦、知更鸟和各种各样的鸟儿,用绳索系住太阳,把太阳从幽深的谷底拉上高空。麻雀的耳边,仿佛传来了知更鸟那动听的歌声,仿佛听到笛声、鼓音和笙鸣从美丽的五彩晚霞中涌出,令它悠然神往。

麻雀心想:"太阳好像又落向黑暗的深谷了。现在,再没有鸟儿像从前那样,把太阳拉上天空。可是太阳到了早晨,就会自己升起来,这是为什么呢?太不可思议了。"

终于,快到了麻雀飞上高空、飞向太阳的日子了。可是，当暮色降临，太阳沉入谷底，夜晚那淡青色的深邃天空中，星光开始闪烁的时候，自己应该在哪里休息？关于这一点，麻雀并没听知更鸟说过，那就没办法安心地长途旅行。旅行期间，一定会有狂风大作的日子，也会有大雨倾盆的时候吧。麻雀决定再去见见知更鸟，把这个问题弄清楚。

有一天，麻雀向一起在波浪上空飞翔嬉戏的老白鹭告别，朝着三年前遇见知更鸟的原野飞去。

麻雀心想："找上两三天，总能见到那只知更鸟。"

只要在树枝上停下，麻雀就会侧耳倾听，想着或许能听到知更鸟那熟悉的歌声。然后，它又从一片树林飞到另一片树林，到处寻找知更鸟。

就在这时，麻雀遇到了以前的那只乌鸦。

麻雀打招呼说："乌鸦兄，乌鸦兄，正好遇到了你。你还是那么健康，太好了。"

乌鸦歪着脑袋，仔细打量着麻雀，说："哦，你是上回那只麻雀吧。你可大变样了，我都差点认不出来了！你的翅膀变成红色了呀。"

麻雀大吃一惊，朝自己身上看去，问道："你是说，我变成红色的了？"

乌鸦笑了："难道你自己不知道？"

"真的，我变样子了！"

乌鸦说："那是你在空中飞得太久，被太阳晒红了。"

麻雀忽然悲伤起来，说："我想早点飞到太阳那里，帮太阳做点事，成为优秀的鸟儿。所以，我在寻找上次那只知更鸟。"

乌鸦又嘎嘎地笑起来："你把知更鸟那番话当真了？如果当真，那就太可怜了。当时，知更鸟随口瞎说，是因为它怕我，想讨好我，就在那里胡编乱造。我一向觉得那只知更鸟多嘴多舌，想教训它一下。我的祖先，干吗要拿绳子系住太阳往上拉？知更鸟真能瞎编！难道直到现在，你还相信这番话？"

乌鸦露出哭笑不得的表情。麻雀又一次大吃一惊，原来，漫长的三年间，自己的一切辛苦都是徒劳的。它深深地叹息着，感到非常悲伤。

"乌鸦兄，这三年里，我一直在练习飞上高空。多次的训练积累起来，现在，我已经不再畏惧风雨。可是，这些都没有一点儿用处了吗？"麻雀几乎要哭了出来。

"无论什么鸟儿，都不可能飞到太阳闪耀的地方。麻雀啊，你的模样已经改变，没办法回归故乡了。因为，不会再有鸟儿，把你当成它们的同伴。"乌鸦满怀同情地说。

麻雀默默无言，陷入了沉思。过了一会儿，麻雀展翅起飞，却不是朝向自己南方的故乡，而是朝着北国飞去。麻雀要去的，是白鹭和岩燕所在的地方，是有着碧蓝大海的家园。

宮沢賢治

みやざわけんじ

银杏果
いちょうの実

天空的最高处仿佛是冰冷坚硬的、淬过火的钢铁。天空中布满了繁星，但是东方已经泛起了宛如温柔的桔梗花瓣一般的、神秘的光。

拂晓的天空中，在白天鸟儿也无法飞到的高处，锋利的霜屑乘着北风，呼呼地向南方飞去。

这真是个静谧的拂晓，高空中霜屑那细微的声响，甚至传到了山丘上的银杏树耳中。

银杏果们一齐睁开了眼睛，随即都吃了一惊。原来，今天就是它们告别妈妈、踏上旅途的日子了。大家早就是这么想的，而且昨天傍晚过来的两只乌鸦也是这么说的。

"我们落下去的时候，会不会头晕呀？"一个银杏果问。

"闭上眼睛就好了。"另一个银杏果答道。

"对了，忘记告诉你。我已经把水壶里装满了水。"

"我也是。除了水壶，我还准备了薄荷水。给你一些吧。妈妈说，出门在外，心情不好的时候就喝上一点儿。"

"为什么妈妈没有给我？"

"所以我给你呀。不可以怪妈妈哦。"

是的,银杏树就是它们的妈妈。

今年,树上诞生了一千个金黄色的孩子。

而且,今天就是孩子们同时启程的日子。银杏树妈妈伤心极了,她那仿佛小扇子一般的金黄色头发,昨天都已经掉光了。

"唉,我会去什么地方呢?"一个银杏果女孩仰望着天空,自言自语道。

"我也不知道。我什么地方也不想去。"另一个女孩说。

"我想留在妈妈身边,不管有什么遭遇都没关系。"

"那是不行的。风每天都这么说。"

"真讨厌。"

"以后我们都要分开,大家各奔东西是吗?"

"嗯,是的。我现在什么也不想要了。"

"我也是。以前我太任性了,你要原谅我。"

"不,是我不好。我才任性呢。你也要原谅我。"

东方的天空中,浮现出清晨的白光。似乎桔梗花已经枯萎,花瓣的色彩暗淡下去,星星也一颗颗地渐渐隐去。

银杏树最高的枝头上,两个银杏果男孩正在交谈。

"看,天亮了。好开心。我一定会成为金色的星星。"

"我也会。从这里落下去以后,北风一定会把我带到天空中。"

"我觉得不是北风,北风并不怎么友善。我想,一定是乌鸦带我去。"

"对,一定是乌鸦。乌鸦真了不起,它能一口气从这里飞到远远的、看不到的地方。请它帮忙的话,一定能把咱俩嗖地带到蓝天上去。"

"那就请乌鸦帮忙吧。它可要快点过来。"

稍微低一点儿的枝头上,也有两个银杏果男孩在说话。

"我要做的第一件事,就是拜访杏树国王的城堡。我要打败那个抢走了公主的妖怪!妖怪一定藏在某个地方。"

"嗯,应该在某个地方。不过,太危险了吧?妖怪是个大家伙,我们却这么小,它只要轻轻吹口气,就会把我们吹跑的!"

"不用担心,我有一样宝贝。给你看看吧?喏,就是这个。"

"这是用妈妈的头发编成的网,对吧?"

"是的。这是妈妈给我的。妈妈说,如果遇到危险,就藏到这张网里面。我把这张网放到怀里,去找妖怪,然后对它说:喂,你好,你能吞下我吗?吞不下去吧!这么一说,妖怪肯定大怒,一口把我吞下去。于是,我在妖怪肚子里拿出这张网,把它的胃全都蒙住,然后在他肚子里搞得乱七八糟。终于,妖怪因为肠伤寒死了。然后,我从妖怪肚子里出来，带着杏公主回到城堡。就这样，我娶了公主。"

"太棒了！那样的话，我可以去做客吗？"

"当然可以。我可以把国家分一半给你。然后，我每天都要给妈妈送很多好东西，点心啊什么的。"

星星已经完全消失不见，东方的天空亮起了白光。银杏树一下子喧闹起来，出发的时间已经临近。

"我的鞋太小了。真麻烦，索性光着脚走吧。"

"我们换一下吧。我的鞋有点大。"

"那就换吧。啊，大小正好。谢谢了。"

"怎么办？我找不到妈妈给我的新外套了。"

"快点找找。放在哪根树枝上了呢？"

"忘记了……"

"这就麻烦了。接下来，天气会非常寒冷，一定得找到外套。"

"哦，你看，这个面包不错吧，还能看到里面的葡萄干呢。你快装到包里吧，太阳就要出来了。"

"谢谢，那我就收下了，谢谢你。我们一起走吧。"

"难啊，我没有办法了。真的，我该怎么做呢？"

"你和我一起走吧。我会经常把我的衣服借给你。要冻死的话，我们就一起死。"

东方的天空中，白光愈发明亮，光影缓缓地摇动起来。银杏树妈妈仿佛已经死去似的，一动不动地僵立着。

突然，光束像黄金之箭一般迸射而出。孩子们生气勃勃，闪闪发亮，几乎要腾空而起。

风从北方呼呼地吹来，像冰一样寒冷透骨。"再见，妈妈！""再见，妈妈！"孩子们像雨点一样，一齐从枝头跃下。

北风笑了："就是嘛，今年也到了说再见的时候了。"

说着，北风掀动着他那冰冷透明的斗篷，朝着远方扬长而去。

太阳像燃烧的宝石，悬挂在东方的天空，将它所有的光辉都洒在悲伤的母亲和踏上旅途的孩子们身上。

客堂童子的故事
ざしき童子のはなし

这是流传在我们家乡的、有关客堂童子的故事。

明亮的白天，大伙儿都去山里干活了，只有两个孩子在院子里玩耍。宽敞的房子里没有一个人，静悄悄的。

可是，不知从哪个房间传来了唰唰的笤帚扫地的声音。

两个孩子靠在一起，紧紧地拉着手，悄悄走过去看。然而，房间里一个人影也没有，佩刀匣子静静地放在那里，墙根下的扁柏越发绿油油的，到处都没有人。

只有唰唰的笤帚声传入耳中。

或许是远处伯劳鸟的鸣声，或许是北上川的水流声，也或许是别人家豆子倒在簸箕里的声音……两个孩子一边转着这些念头，一边屏住呼吸仔细听。不对，不是这些声音。

千真万确，就是从某个房间里，传来唰唰的笤帚声。

孩子们又一次偷偷地朝房间里张望，每个房间都没有人，只有阳光明晃晃地洒在屋里。

这就是客堂童子的故事。

"大道轮转，大道轮转……"

孩子们——正好是十个孩子——大声叫喊着，手拉手围成一个圆圈，在客堂中央骨碌碌地转动。孩子们都是这户人家请来的小客人。

骨碌碌，骨碌碌，大家转着圈玩耍。

不知什么时候，孩子变成了十一个。

没有一个孩子是大家不认识的面孔，也没有两张脸是一样的，可是无论怎么数，都是十一个。多出来的这个孩子就是客堂童子，大人们这么说。

可是，谁是多出来的孩子呢？大家拼命瞪大眼睛，规规矩矩地坐着，表示自己绝对不是客堂童子。

这就是客堂童子的故事。

还有这样的故事。

一个大家族总是在农历八月初祭祀如来佛祖，那时会把家族中的孩子都叫来玩耍。有一年，家族中的一个孩子得了麻疹，正在养病。

"好想去参加祭典，好想去参加如来佛祖的祭典哪。"孩子躺在床上，每天都在念叨。

"祭典向后延迟了，你要快点好起来哦。"大家族的老奶奶去看望孩子，摸着孩子的头说道。

九月份的时候，孩子的病痊愈了。

于是,所有孩子都被叫去参加祭祀盛典。可是,别的孩子有的因为祭典被推迟,有的因为老奶奶去看生病孩子的时候把小铅兔带去了,都感到很不开心。

"都怪那家伙,我们才这么倒霉。今天他来了以后,都不要跟他玩!"大伙儿商量好了。

"喂,来了,他来了!"孩子们正在客堂里玩着,有人忽然叫了起来。

"好,快藏起来!"大家都跑进了隔壁的小房间。

然后,你猜怎么样?那个理应刚刚进门的、患过麻疹的孩子正端端正正地坐在小房间的正中央。只见他苍白瘦弱,抱着崭新的小熊玩偶,脸上一副要哭出来的模样。

"客堂童子!"一个孩子大叫着,逃了出去。大伙儿都哇哇地逃走了。客堂童子哭了起来。

这就是客堂童子的故事。

此外,北上川的朗妙寺旁边渡口的艄公,有一次给我讲了这样一件事:

"农历八月十七的晚上,我喝了点酒,早早睡下了。这时,有人在对面叫'喂,喂',我出了小屋一看,月亮正好挂在天心。我急忙上了船,朝对岸划过去,原来是一个孩子。他孤身一人,穿着带家徽的和服,佩着刀,草鞋上系着白带子。我问他过不过河,他就让我摆渡。那孩子上了船,到了河中央的时候,我装作不经意地打量了一下他。只见他把手放在膝盖上,眼望天空,端端正正地坐着。

"我问他从哪里来,要到哪里去。孩子的声音很可爱,说他在屉田家住了很久,有点儿待腻了,要去别的地方。我问他为啥待腻了,孩子笑了笑,却没有说话。我又问他接下来去哪里,他说要去更木这个地方的斋藤家。船到岸的时候,孩子已经不见了,我坐在小屋门口,拿不准是不是做了一场梦。不过,这一定是真的。那之后,屉田家就败落了。更木的斋藤家就不同了,斋藤的病完全好了,他儿子也念完了大学,眼看着越来越兴盛。"

这就是客堂童子的故事。

要求太多的餐馆
注文の多い料理店

两个年轻绅士走在树叶沙沙作响的深山里。他们一副英国军队士兵的装束，扛着闪闪发亮的猎枪，牵着两只好像白熊一样的大狗，两人边走边说：

"这座山真奇怪，连一只飞禽、一只走兽都看不见。不管是什么，赶紧出来让我练练手，砰——"

"瞄准鹿的黄肚皮，开上个两三枪，有多带劲！那家伙肯定摇摇晃晃，咕咚一声倒下啦。"

这是非常荒僻的深山，带他们进来的猎人也有些晕头转向，不知跑去哪儿了。

这还不算，山里太恐怖了，两只白熊一样的大狗一齐头晕眼花，呻吟了一会儿，口吐白沫死掉了。

"我这是损失了两千四百块钱哪。"一个绅士翻开大狗的眼皮，说道。

"我损失了两千八百块钱。"另一个人懊恼地歪着脑袋。

第一个绅士的脸色有些难看，他盯着同伴的脸，说：

"我觉得，我们该回去了。"

"嗯，我也正好饿了，又很冷，回去吧。"

"那就到此为止。回去的路上，从昨晚那个旅馆里，花十块钱买点山鸟带回去得了。"

"那里还有兔子。这样的话，跟打猎是一个样的。好了，走吧。"

然而，麻烦的是，他们怎么也找不到回去的路了。

风呼呼地吹过来，小草沙沙作响，树叶唰唰摇动，大树哗哗地轰鸣。

"饿得很哪。刚才我的肚子就疼得厉害。"

"我也是。我走不动了。"

"走不动了。噢，这可怎么办？真想吃点东西。"

"我也想吃东西了。"

站在沙沙作响的芒草丛里，两个绅士说着。

这时，他们往身后一瞥，看到了一幢气派的西洋式房子。洋房的大门口有一个招牌，上面写着：

RESTAURANT

西餐馆

WILDCAT HOUSE

山猫轩

"你看，这不正好吗？这里居然一有家西餐馆，进去看看吧。"

"咦，开在这种地方，好奇怪。不过，应该能吃到点东西吧。"

"那是当然。招牌上不是写着吗？"

"那就进去吧，我都快要饿死了。"

两人来到大门口。门口是用洁白的濑户砖砌成的，确实气派非凡。大门是玻璃的，门上写着金字：

任何客人都请入内，千万不要客气。

两人高兴极了，说："不错，这个世间还是蛮不错的嘛。今天一天都不顺，终于找到个好地方。这家虽然是个餐馆，不过吃饭好像不需要花钱。"

"好像是这样。'千万不要客气'就是这个意思。"

两人推开门走了进去。里面是一条走廊，在玻璃门的背面，也有一行金字：

特别欢迎身体壮实的客人和年轻的客人。

两人看到"特别欢迎"的字样，非常高兴。

"你看，咱俩属于特别受欢迎的客人。"

"咱们把这两条都占全了。"

两人快步经过走廊,眼前出现了一扇涂着淡蓝色油漆的门。

"这家餐馆真奇怪,怎么有这么多门?"

"这是俄罗斯式建筑。寒冷的地方或者深山里,都是这样的房子。"

两人正要推门,看到门上写着黄字:

本店订单很多,还望理解。

"生意这么兴隆啊,在这种深山里?"

"那倒有可能。你想啊,即便是东京的大餐馆,也很少有开在大街上的。"

说着,两人打开了门,门背面也写着一行字:

订单可能很多,还望一一包涵。

"究竟是怎么回事?"一个绅士皱起了眉。

"嗯,应该是说,他们的订单太多,准备起来很费工夫,请我们谅解。"

"可能是吧。我只想早点进到房间里去。"

"然后赶紧坐到餐桌旁边。"

然而，麻烦的是，又出现了一扇门，门边上挂着镜子，镜子下面放着一把长柄刷子。

门上写着红字：

客人们，请在这里把头发梳整齐，把鞋子上的泥刷干净。

"有道理。刚才在大门口，我还觉得这是山里的西餐馆，有点看轻人家了呢。"

"真是礼仪严谨的餐馆啊。一定有身份高贵的人经常过来这里。"

于是，两人把头发梳得整整齐齐，把靴子上的泥刷掉。

然后，你猜怎么样？他们刚把刷子放到搁板上，刷子立刻变得模糊，转眼就消失不见了。风呼呼地吹进了房间。

两人吃了一惊，彼此靠近了些，啪地推开门，走进下一个房间。两人心里都在想，必须赶紧吃点热乎的食物，才能恢复些力气，否则就完了。

门背后又写着一行奇怪的话：

请把猎枪、子弹放在这里。

就在门旁边，有一个黑色的台子。

"确实,没有带着枪吃饭的道理。"

"噢,一定是高贵的大人物总是来这里。"

两人摘下猎枪,解开皮带,放到了台子上。

接下来,又出现了一扇黑门,门上写着:

请摘下帽子,脱下外套和鞋子。

"怎么办?脱吗?"

"没办法,脱吧。看来,里面确实有大人物在用餐。"

两人把帽子和外套挂在衣钩上,脱下靴子,吧嗒吧嗒地走了进去。

门背后写着:

请把领带夹、袖扣、眼镜、钱包,其他金属物品,尤其是尖锐的物品,都放在这里。

门旁边有一个漆成黑色的、气派的保险柜,柜门开着,钥匙也在上面。

"看来某些菜品要用电,所以金属物品很危险,尤其是尖锐的东西更危险。"

"大概是吧。看来,要结账的话,是吃完饭出来时在这里结。"

"看起来是。"

"肯定是的。"

两人摘下眼镜,解下袖扣,都放进了保险柜,啪地锁上了柜门。

走了几步,又出现一扇门,门前放着一个玻璃壶。门上这样写着:

请把壶里的奶油涂到脸上和手脚上。

两人一看,玻璃壶里装着的,的确是牛奶做成的奶油。

"涂奶油是什么缘故?"

"这是因为外面太寒冷,房间里又太暖和,皮肤容易皲裂,涂奶油就是为了预防皲裂。看来里面真有大人物在。没准儿,咱们会在这种地方,跟什么贵族见上一面呢。"

两人把壶里的奶油涂到脸上,涂到手上,然后脱下袜子,涂到脚上。奶油还剩下一些,两人装作往脸上抹,偷偷地把奶油吃掉了。

然后,他们急忙推开门,只见门后面写着:

奶油已经涂满了吗?耳朵也涂过了吗?

这里也放着一小壶奶油。

"就是，就是，我没涂耳朵，差点让耳朵皴了。这家餐馆的主人实在太周到了。"

"是啊，连细节都能留意到。不过，我想快点吃饭，这样转来转去，一直在走廊里，真是受不了。"

接下去，眼前又出现了一扇门，门上写着：

餐品马上准备好，十五分钟之内可以用餐。请把瓶子里的香水，仔细洒到头上。

一个金光闪闪的香水瓶放在门前。
两人唰唰地把香水洒到头上。
可是香水散发出来的，却像是醋的味道。
"奇怪，这香水一股醋味，怎么回事？"
"弄错了吧。可能女佣感冒了，把醋装了进去。"
两人推开门，走了进去。
门的背后，用大字写着这样一段话：

要求这么多，一定很烦了吧？真可怜。这是最后一项。请把壶里的盐搓到身上，多用些盐，全身上下都要搓遍。

的确，这里放着一个漂亮的蓝色濑户陶瓷盐壶。这一回，两个人终于大吃一惊，互相望着对方那涂满奶油的脸。

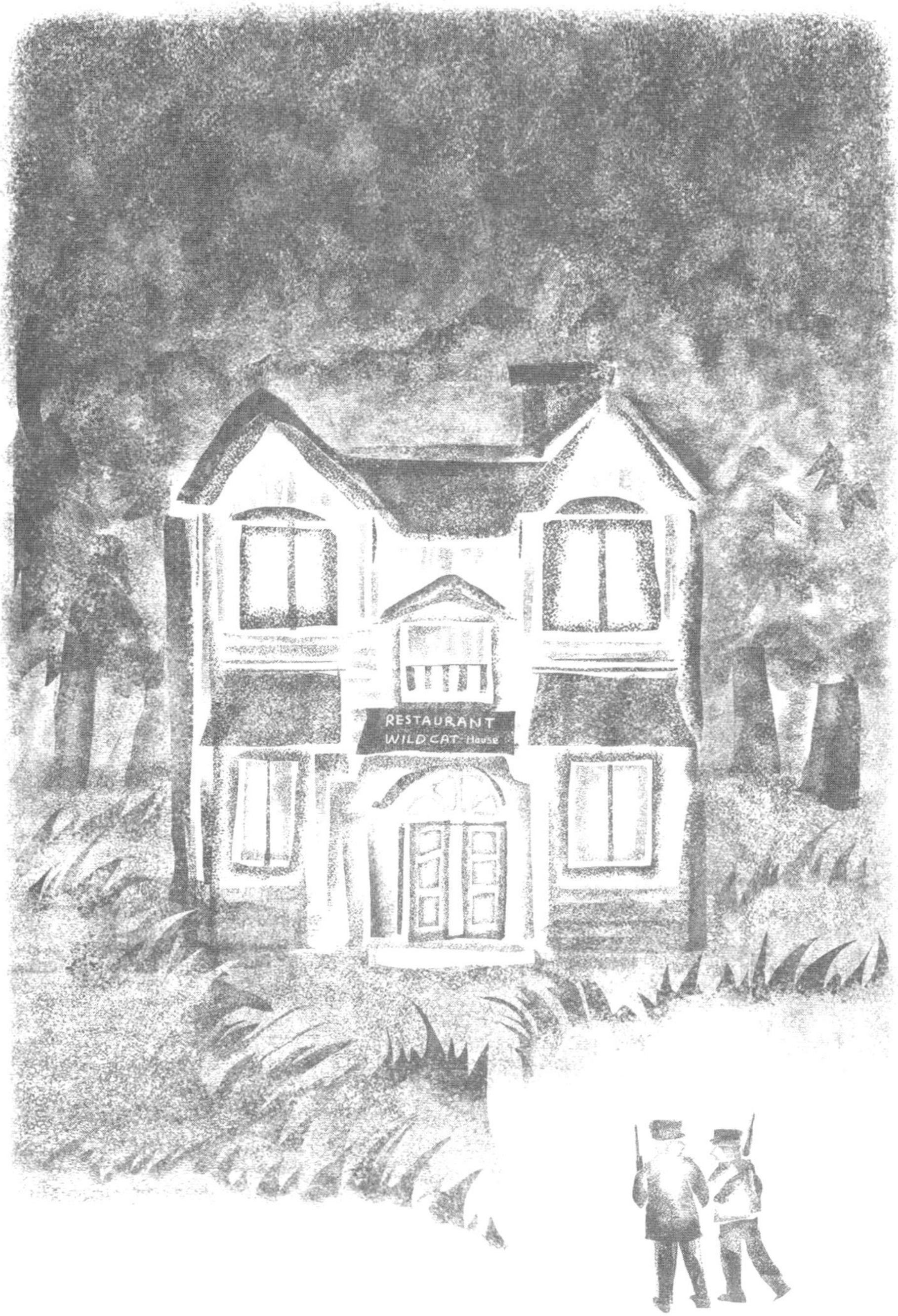
RESTAURANT
WILDCAT House

"太怪了！"

"我也觉得太怪了。"

"'订单很多'，其实是他们对我们'要求很多'的意思。"

"所以，所谓的西餐馆，依我看，并不是让客人吃饭，而是把客人做成西餐吃掉！这个，就……就是说……咱咱们……"绅士打起了哆嗦，哆哆嗦嗦，哆哆嗦嗦，话也说不出来了。

"那……那……咱……咱们……啊……"另一个人也浑身发抖，说不出话来。

"跑……"一个绅士颤抖着去推身后的门，怪异的是，门纹丝不动。

里面还有一扇门，门上有两个大锁孔，做成了银色的刀和叉的形状，上面写着：

辛苦了，做得非常好。好了，请到房间里去吧。

而且，两只蓝色的眼珠，正从锁孔里骨碌碌地朝这边张望。

"啊！"哆哆嗦嗦，哆哆嗦嗦。

"啊！"哆哆嗦嗦，哆哆嗦嗦。

两人哭了出来。

门背后传来了悄悄的谈话声。

"完了,他们已经发现了。他们好像没往身上搓盐。"

"那当然。老大写的词儿不好。写什么'要求这么多,一定很烦了吧?真可怜',这是什么傻话!"

"随便它了。反正咱们连一根骨头也分不到。"

"那倒是。不过,要是这两个家伙不肯进来,就要怪到咱们头上了。"

"那就叫吧,招呼一下他们。——喂,客人,快点进来呀!来吧,来吧!我们已经洗好了盘子,腌好了菜叶。只要把二位拌上菜叶,盛到雪白的盘子上,就算做好啦。快点进来吧!"

"哎,来吧,来吧!二位不喜欢蔬菜沙拉?那我们烧起火来,把你们炸一炸好不好?好了,快点进来吧!"

两个人心胆俱裂,面孔活像皱巴巴的废纸,面面相觑,浑身发抖,哭也哭不出声来了。

房间里传来了咻咻的笑声。接着,里面又叫了起来。

"来吧,来吧!哭得这么厉害,好不容易涂上的奶油,都给冲掉了。——是,马上就好,这就端过去!——喂,快点进来!"

"快进来吧!我们老大已经围上了餐巾,拿起了餐刀,咂着嘴巴,等着二位客人哪!"

两人泪流满面,哭啊哭啊,哭个不停。

就在这时，突然，身后传来了"汪、汪、汪"的叫声，两只白熊一样的大狗撞开了门，冲进了房间。锁孔后面的眼睛顿时消失了，大狗们呜呜怒吼，在屋里团团打转，然后"嗷"地大叫一声，猛地撞向里面那扇门。门砰地开了，大狗们像被吸进去似的，倏地不见了。

门后面黑漆漆的，黑暗中传来"嗷——汪——咕噜咕噜"的声音，然后一片嘈杂。

房子仿佛烟雾一般消失了，两人站在草丛里，冻得瑟瑟发抖。

定睛一看，他们的外套、靴子、钱包和领带夹之类，有的挂在远处的树枝上，有的扔在近处的树根旁。风呼呼地吹过来，小草沙沙作响，树叶唰唰摇动，大树哗哗地轰鸣。

忽然，大狗们低吼着跑了回来。

这时，身后传来呼唤声："先生，二位先生！"

两人顿时有了精神，叫道："在，这里，我们在这里！快来啊！"

头戴斗笠的猎人唰唰地分开杂草，跑了过来。

两人终于放下心来。

然后，他们吃了猎人带来的糯米团子，路上买了十块钱的山鸟，回到了东京。

可是，直到他们回到东京，洗了热水澡，那活像皱巴巴的废纸一般的面孔，还没能恢复原来的样子。

大提琴手戈修
セロ弾きのゴーシュ

戈修是城里剧场的大提琴手。不过，据说他的琴拉得并不怎么好。岂止不好，实际上他大概是乐队中最糟糕的乐手了，所以总是被乐队指挥欺负。

过午，乐队在后台排成圆弧形，排练《第六交响曲》，这是他们即将在城市音乐会上表演的曲目。

小号引吭高歌，两把小提琴如风般交相鸣唱，单簧管也呜呜地助阵。

戈修紧紧抿着嘴唇，双眼圆睁，紧盯着乐谱，专心致志地拉着大提琴。

突然，指挥啪啪拍了拍手，众人立刻停止了演奏，全场鸦雀无声。只听指挥大吼道：

"大提琴慢了！咚哒哒、哒哒哒——从这里重来一遍，开始！"

于是，乐队从前一小节开始重新演奏。戈修满脸通红，额头渗出汗珠，努力拉着琴，这一节总算通过了。戈修松了一口气，接着演奏下去，指挥却又啪啪拍了拍手。

"大提琴！琴弦的音不对。真受不了，我可没空从哆来咪发开始教你！"

大家都很同情戈修，于是故意去瞅瞅乐谱，摆弄下乐器。戈修慌忙把琴弦调正，这当然是戈修的错，但是大提琴的责任也不小。

"从前一小节重来，开始！"

乐队又重新开始演奏，戈修使劲抿着嘴，全力以赴。这一回顺利地进行了一大段，看上去还不错。就在这时，指挥又怒气冲冲地拍了手，戈修心惊胆战，以为又是自己的错，好在这次是别人的失误。戈修就像刚才自己失误时别人做的那样，故意凑到乐谱跟前，做出若有所思的样子。

"重来一遍，开始！"

戈修慌忙开始拉琴，指挥却猛地跺脚，怒吼道："糟糕，简直糟糕透顶！这一段是乐曲的灵魂，却搞得乱七八糟！诸

位，还有十天就要正式登场。我们是专业乐队，要是输给了那些打马掌的铁匠、卖砂糖的伙计们拼凑的团伙，我们的脸面何在？喂，戈修，真拿你没办法。你的表演完全没有情绪，愤怒也罢，欢乐也罢，一丁点儿感情都没有。而且，你的琴老是不能和其他乐器合拍。就像是你一个人拖着松了的鞋，跟在大家后面。真没办法，你可得加把劲儿啊。要是因为你一个人，损害了我们光荣的金星音乐团的名誉，大伙儿就太可怜了。好了，今天的排练到此为止，大家休息一下，六点整到包厢里集合。"

乐手们鞠了一躬，然后衔着香烟，擦着火柴，纷纷走了出去。戈修抱着他那把破箱子似的大提琴，脸朝着墙，撇着嘴，泪珠扑簌簌地落了下来。过了一会儿，他振作精神，从头开始，把刚才的章段独自静静地演奏起来。

那天晚上，戈修直到很晚才扛着一个黑乎乎的大家伙回到自己的家。说是自己的家，其实只不过是郊外河边一个破旧的水车小屋。戈修独自住在水车小屋，每天上午，他在小屋旁边的小菜地里修剪番茄枝，或者给卷心菜驱虫，午后则总是出门去。

戈修进了屋，点上灯，打开带回来的黑盒子。里面不是别的，正是他那把粗陋的大提琴。戈修把大提琴轻轻放在地板上，拿下架子上的水杯，从铁皮桶里舀了一杯水，咕嘟咕嘟地喝了下去。

然后，戈修甩甩脑袋，坐到椅子上，以猛虎一般的气势演奏起白天那首曲子。他翻着乐谱，一边拉琴一边思考，一边思考一边拉琴，全神贯注地演奏了整首曲子。接下来，他又重新开始，呜呜地拉动琴弓，不知演奏了多少遍。

早已过了半夜。最后，戈修已经感觉不到自己在拉琴，他满脸通红，眼睛里布满了血丝，脸色十分可怕，仿佛马上就会倒下去。

就在这时，后门传来了嗒嗒的敲门声。

"是赫舒吗？"戈修迷迷糊糊地叫道。可是，悄悄推门进来的，却是一只硕大的三花猫，以前戈修见过它五六回。

三花猫吃力地拿着好多半熟的番茄，都是从戈修的菜地里摘来的。它把番茄放到戈修面前，说：

"啊，累死我了。把这东西搬来，太费劲了。"

"这是干吗？"戈修问。

"给你的礼物，吃吧。"三花猫说。

这下子，戈修从白天开始郁积的怒火一股脑地爆发出来，朝三花猫怒吼道：

"谁让你拿番茄来？我怎么会吃你带来的东西？再说，这番茄本来就是我菜地里的。岂有此理，番茄还没红，你就给我摘了！以前把我的番茄茎咬烂踢坏的，就是你吧？快滚，你这只臭猫！"

看到戈修大发脾气，三花猫缩起肩膀，眯缝着眼睛，可

是它的嘴角却弯弯的,笑嘻嘻地说:

"先生,这么大动肝火,小心气坏了身体。不如来首舒曼的《梦幻曲》吧,我帮你听听。"

"狂妄,你不过是一只猫!"

大提琴手恼火极了,寻思着怎么收拾这只可恶的猫。

"哎呀,别客气,拉上一曲嘛。不听一首先生的曲子,我睡不着觉呀。"

"狂妄,狂妄,狂妄!"

戈修脸涨得通红,像白天里乐队指挥一样跺脚大叫。过了一会儿,他忽然心里一动,说道:

"好吧,我就拉上一曲。"

戈修似乎想到了什么,把门锁上,把窗子全都关上,然后拿起大提琴,把灯熄灭。窗外是一弯下弦月,月光洒进小屋,照亮了半边屋子。

"你要听什么?"

"《梦幻曲》,舒曼的浪漫乐曲。"三花猫擦擦嘴,满不在乎地说。

"是吗?《梦幻曲》,是不是这样的呀?"

忽然,大提琴手戈修撕下一截手帕,紧紧地堵住耳朵。然后,他以狂风骤雨之势演奏起了《印度猎虎》。

一开始,三花猫歪着脑袋倾听,片刻之后,它啪啪地眨动着眼睛,朝门口跳去,猛地撞向房门。可是,门却没有开。

三花猫发现，自己犯了这辈子最大的错误，顿时惊慌起来，眼睛和额头啪啪地冒出火星。接着，火星从嘴角的胡须里、鼻孔里冒了出来，三花猫痒痒极了，忍不住要打喷嚏。然后，它觉得不能在此地久留，作势要逃。戈修觉得很好玩，越发猛烈地演奏起来。

"先生，够了，够了！饶了我吧，以后我再也不指手画脚了。"

"闭嘴！马上就到抓老虎的部分了。"

三花猫难受极了，它一跃而起，到处乱窜，身体撞到墙上，撞过的地方蓝光闪烁。最后，三花猫像风车似的，围着戈修骨碌碌转圈。

戈修被它晃得头晕，说："行了，饶了你吧。"

说着，戈修总算停了手。

三花猫马上恢复了满不在乎的表情，说："先生，今晚你的演奏不大对劲嘛。"

大提琴手更恼火了，可是他若无其事地拿出一支香烟，衔在嘴里，又取出一根火柴，对三花猫说：

"怎么了？你没事吧？伸出舌头给我看看。"

三花猫一脸轻蔑，伸出了它那又长又尖的舌头。

"噢，舌头有点粗糙嘛。"说着，大提琴手猛地把火柴擦过它的舌头，点着了。三花猫吓了一大跳，舌头像风车一样摆动，朝门口冲去。咚的一声，猫脑袋撞在了门上；摇摇晃晃地又冲过去，咚地又撞一下；摇摇晃晃地再冲过去，咚地再撞一下，还要摇摇晃晃地冲过去……拼命地想要逃走。

戈修饶有兴致地看了一会儿，说："放你走吧。别再来了，蠢猫！"

大提琴手打开门，三花猫一阵风似的冲进了草丛里。戈修望着猫的背影笑了几声，心情终于痛快了，随即呼呼地睡着了。

第二天晚上，戈修又扛着黑乎乎的大提琴盒回来了。他咕嘟咕嘟喝了水，又像昨晚一样，起劲地拉起大提琴。很快过了十二点，过了一点，过了两点，戈修依然没有停手。他呜呜地拉着琴，已然不知道现在是几点钟，也不知道自己正在演奏。

就在这时，屋顶上传来嗒嗒的敲击声。

"蠢猫，你还敢来？"戈修叫道。

忽然，扑嗒一声，一只灰色的鸟从天花板的破洞飞下来，落到了地板上。戈修一看，原来是一只布谷鸟。

"连鸟都跑来了。什么事？"戈修问。

"我来学习音乐。"布谷鸟平静地回答。

戈修笑了："音乐？你不是只会唱'布谷、布谷'吗？"

布谷鸟认真地说："对，是这样的。不过，这是因为我们的歌声太难了。"

"太难了？你们唱个没完没了，这点倒是很厉害。至于唱法，那就太稀松平常了，不是吗？"

"不，我们的唱法才厉害呢。比如，这样唱'布谷'，和那样唱'布谷'，听起来完全不同，对吧？"

"没什么不同。"

"那是你听不出呀。在我们布谷鸟听来，一万声'布谷'，就有一万种唱法。"

"真狂妄。既然你懂这么多，干吗到我这儿来？"

"因为，我想准确地唱哆来咪发。"

"什么哆来咪发！"

"所以，去外国之前，我一定要来一趟。"

"什么外国！"

"先生，请你教给我哆来咪发吧。我跟着唱。"

"真烦人。我拉三遍，你听完赶紧走。"

戈修拿过大提琴，调了调弦，拉了一遍哆来咪发嗦拉西。布谷鸟连忙啪嗒啪嗒地拍打翅膀，说："不，不对，不是这样。"

"真烦人。那你来。"

"是这样的。"布谷鸟挺起胸，摆好姿势，叫了一声，"布谷——"

"什么呀。这是哆来咪发吗？对你们来说，哆来咪发也好，第六交响曲也罢，没什么两样。"

"当然不一样了。"

"有什么不一样?"

"我们的唱法很难,因为接下来还要唱好多好多声。"

"就是这样的吧?"大提琴手又拿过琴,"布谷、布谷、布谷、布谷"地拉了起来。

布谷鸟一听,顿时十分高兴,"布谷、布谷、布谷",接着唱了下去。它拼命地挺起胸,一声接一声,不知疲倦地唱个没完。

终于,戈修的手疼了:"唉,差不多行了吧。"说着,他停了手。

布谷鸟一脸遗憾地吊起眼睛,继续唱道:"……布谷、布谷、布、布、布、布、谷——"终于停了下来。

戈修已经很烦了,说:"喂,布谷鸟,唱够了的话,你可以走了。"

"请再拉一遍吧。刚才你拉得挺好的,不过还稍微有点问题。"

"什么话?不是我在跟你学!走吧!"

"请再拉一遍吧。求你了。"布谷鸟频频鞠躬请求。

"好吧,最后一遍。"

戈修举起琴弓,布谷鸟呼地喘了一口气:"请尽量演奏得长一些。"说着,又鞠了一个躬。

"太麻烦了。"戈修苦笑着开始拉琴。布谷鸟立刻变得严肃无比,挺着身体,拼命地啼叫:"布谷、布谷、布谷——"

戈修起初还很恼火，可是拉着拉着，心头忽然涌起一种感觉。那就是，其实布谷鸟的叫声，才真正地与哆来咪发相合。他越是演奏下去，越觉得布谷鸟的叫声才是对的。

"啊，再继续犯傻，我就要变成鸟了。"戈修蓦地止住了手。

琴声骤停，布谷鸟仿佛被猛地击中了脑袋，踉跄了几步，接着像刚才那样，"……布谷、布谷、布、布、布、布、谷——"总算停了下来。然后，它一脸怨气地盯着戈修，说："为什么停下？我们布谷鸟，不管是多么没出息的家伙，都会一直唱到喉咙出血。"

"狂妄！这种蠢事，难道能一直干个没完？你走吧。你看，天都亮了！"戈修指着窗户。

东面的天空已经浮现出朦胧的银光，黑沉沉的云团正飘离东方，朝北方迅速前行。

"太阳出来前，请再演奏一遍吧。再来一小会儿就行。"布谷鸟又低头鞠躬。

"闭嘴。想得倒美，蠢鸟！要是还不走，我就把你撕碎了当早饭吃！"戈修咚咚地跺着地板。

布谷鸟大吃一惊，慌忙朝窗户飞去。可是，它的脑袋重重地撞到了玻璃上，啪嗒掉了下来。

"蠢鸟，朝玻璃上撞什么？"戈修连忙站起来开窗。可是，那窗子本来就不是每次都能顺利打开，戈修咔嗒咔嗒地摇晃着窗框。这时,布谷鸟又咚地撞了上来,又一次掉了下去,戈修一看,它的鸟喙根部已经出血了。

"马上给你打开,等一下!"戈修好不容易把窗子拉开了两寸。布谷鸟又站了起来,紧紧盯着窗外那东方的天空,仿佛在说"这一次一定冲出去"。然后,它聚集起全身的力量,呼地扑了上去。当然,这一回它更猛烈地撞在玻璃上,摔到地上一动不动了。

戈修打算把它拿到门外放飞,刚伸手去抓,布谷鸟睁开了眼睛,避开了戈修的手。然后,它再次朝玻璃冲去。戈修来不及多想,猛地抬腿踹向窗子。伴着哗啦啦的巨响,玻璃碎了两三块,窗子则连同窗棂一起飞了出去。布谷鸟像离弦之箭一般,从空荡荡的窗口射向外面,笔直地一路向前冲去,转眼就消失了踪影。戈修目瞪口呆地望着窗外,过了好一会儿,他扑通一声,倒在了屋子一角,沉沉睡去。

第三天晚上,戈修一直拉琴到半夜,感到有些疲惫,正

在喝水时，又传来了嗒嗒的敲门声。

戈修心想，今晚无论是谁来，一开始就要吓唬一番，像昨晚对待布谷鸟那样，把它赶走了事。于是，戈修拿着水杯严阵以待。门开了一道缝，一只小花狸蹭了进来。戈修把门开大一点儿，狠狠跺着脚，大吼道："喂，你这小狸子，你知道什么是狸肉汤吗？"

听了这话，小花狸一脸茫然，它乖乖地坐在地板上，歪着脑袋思考，却怎么也想不明白。过了一会儿，小花狸说："狸肉汤这个东西，我确实不知道。"

看到小花狸的模样，戈修差点忍不住笑出来，连忙努力做出可怕的样子，说："那我告诉你。狸肉汤就是把你这种小狸子的肉，加上卷心菜，加上盐，炖得烂烂的，然后我把它吃掉！"

小花狸一脸不可思议，说："可是，我爸爸说，'戈修先生是个好人，你不要害怕，去跟他学吧'。"

戈修终于笑了出来："跟我学什么呢！我很忙，而且困得很。"

小花狸忽然来了精神，向前迈了一步，说："我是打小鼓的。爸爸说，让我学习合着大提琴的节拍打鼓。"

"你没带小鼓来，不是吗？"

"看，在这儿。"小花狸从背上取下两根木棒。

"这又怎么样？"

"请您拉一曲《快乐的马车夫》吧。"

"为什么非得是《快乐的马车夫》这种爵士乐？"

"看，就是这个谱子。"小花狸又从背上取下一张乐谱，戈修拿过一看，笑了起来。

"哦，真是首怪曲子。好吧，我就拉一首，你来打小鼓吗？"戈修想看看小花狸到底怎么打鼓，不时地瞟它一眼，一边开始演奏。

小花狸拿着鼓槌，在大提琴的琴马下方，合着拍子，嘭嘭地敲了起来。它敲得相当不错，戈修拉着琴，心想这还挺有趣的。

一曲终了，小花狸歪着脑袋，似乎在琢磨什么。过了一会儿，它好像终于想通了，说："戈修先生，奇怪的是，您拉第二根弦的时候会慢。每到这里，我就仿佛被绊了一下。"

戈修大吃一惊。的确，从昨晚他就感觉到，拉第二根琴弦时，无论自己手法多么敏捷，声音似乎都要迟滞一下。

"嗯，或许是这样吧。这把大提琴并不好。"戈修有些难过。

小花狸露出同情的神色，思索了一会儿，说："可能是什么地方出问题了吧。那么，可以再为我演奏一遍吗？"

"当然，来吧。"戈修又开始演奏。

小花狸像刚才那样嘭嘭地敲着，时不时地还歪着脑袋把耳朵贴到大提琴上。演奏完毕那一刻，这个夜晚又即将结束，东方已经蒙蒙亮了。

"啊,天亮了。谢谢您!"小花狸慌慌张张地把乐谱和鼓槌背到后背上,啪地用松紧带系好,向戈修鞠了几个躬,急匆匆地走了。

晨风从昨晚坏掉的窗户里吹进来。戈修呆呆地呼吸了一会儿晨风,想到出门进城前,还得睡上一觉来恢复精神,急忙钻进了被窝。

第四天晚上,戈修整夜拉琴,一直练到拂晓时分。他疲惫极了,不由得抱着乐谱打起了瞌睡。就在这时,嗒、嗒、嗒,又传来了敲门声。这声音若有若无,不过由于这一阵子夜夜如此,戈修倒是一下子就听到了,说了声"进来"。

从门缝里钻进来的,是一只田鼠,而且,它还带着一只小不点田鼠宝宝,哧溜哧溜地跑了过来。田鼠宝宝的个头只有橡皮那么大,戈修见了不禁笑起来。

田鼠不知道戈修为何发笑,东张西望着来到戈修跟前,放下一颗青栗子,恭恭敬敬地鞠了一个躬,说:

"先生,这孩子病得快死了,求您大发慈悲,把它的病治好吧。"

"我哪会治病?"戈修有点生气。

田鼠妈妈低着头沉默了一会儿,终于鼓起勇气,说:"先生,您说的不是实话。您每天都能把大家的病治好,医术非常高明,不是吗?"

"你在说什么？我听不明白。"

"先生，多亏了您的治疗，兔奶奶的病好了，小花狸爸爸的病也好了。就连那个坏心眼的猫头鹰，您也为它治好了病。可是，您却单单不肯为这孩子治病，真是太无情了。"

"哎，哎，你弄错了吧。我什么时候帮猫头鹰治过病？昨晚小花狸倒是来过，不过是来学习乐队演奏的。噢，哈哈。"戈修无可奈何，低头看看田鼠宝宝，又忍不住笑了。

见他这样，田鼠妈妈哭了起来："唉，这孩子，如果反正要生病，那就早点生病嘛。直到刚才，您还一直呜呜地拉琴，可是这孩子刚生病，琴声就一下子停了。而且，不管怎么恳求，您都不肯为我们拉琴了。多么不幸的孩子啊。"

戈修吃了一惊，叫道："什么？难道是因为我拉大提琴，猫头鹰和兔子的病才好的？这是怎么回事？"

田鼠妈妈揉着眼睛："是的。附近的动物们一旦生病，都会钻到您房间的地板下面治疗。"

"然后，病就好了？"

"是的。因为身体的血液循环变好了，有的动物心情舒畅，当时就痊愈了，也有的回家以后就痊愈了。"

"哦，是吗？看来我呜呜地拉琴，声音似乎能代替按摩，治好你们的病。好，明白了。我这就给你们演奏。"

戈修吱吱地调了调琴弦，忽然捏起田鼠宝宝，从琴上的破洞把它塞进了琴箱。

"我也一起进去,每家医院都是这样的。"田鼠妈妈疯了似的冲向大提琴。

"你也要进去?"大提琴手想帮田鼠妈妈从破洞钻进去,可是田鼠妈妈只能塞进去半张脸。

田鼠妈妈慌慌张张,对琴箱里的孩子叫道:"宝贝,你还好吗?落下去的时候,有没有像我平时教给你的那样,两脚一齐落地?"

"挺好的,成功落地。"大提琴底部传来了田鼠宝宝的回答声,声音像蚊子那么小。

"没事吧?你别哭了。"戈修把田鼠妈妈放下,拿起琴弓,轰隆轰隆地演奏起一首狂想曲。

田鼠妈妈一脸担忧地听着琴声,终于忍受不住,说:"好了,够了。请把孩子放出来吧。"

"怎么,这就行了?"戈修倾斜琴身,把手放在破洞处等着,片刻之后,田鼠宝宝出来了。戈修默默地把田鼠宝宝放下来,只见它紧闭着眼睛,哆哆嗦嗦地抖个不停。

"怎么样?你还好吗?"

田鼠宝宝没有吱声,依然闭着眼睛,哆哆嗦嗦地发抖。过了一会儿,它忽然站起身,跑动起来。

"啊,好了!谢谢,谢谢您!"田鼠妈妈也跑了起来,但马上又来到戈修面前,一个劲儿地鞠躬,说着"谢谢、谢谢",足足说了十来遍。

戈修不禁有些可怜它们，问："喂，你们吃面包吗？"

田鼠吓了一跳，慌慌张张地四下看看，说："不，不。我听说，面包是把面粉揉成团烤熟，用这法子做出来的。面包软软的，蓬蓬松松，好吃极了。不过，我们从来没到您的柜子里去，况且，现在受了您这么大的恩惠，我们怎么会来搬面包呢？"

"我不是这个意思，我只是问你们要不要吃。那么，就是要吃喽？等一下，就算是我送给肚子不舒服的孩子的吧。"

戈修把大提琴放到地板上，从柜子里拿出面包，撕下一块，放到田鼠妈妈面前。田鼠妈妈高兴糊涂了，又哭又笑，又是鞠躬。然后，它小心翼翼地叼起面包，护着田鼠宝宝，离开了小屋。

"啊，跟田鼠说话真够累的。"戈修咕咚一声倒在了被窝里，立刻呼呼地睡着了。

那之后又过了六天。这天晚上，城市礼堂的大厅中，金星音乐团的乐手们正陆续走下舞台。他们脸上热烘烘的，拿着自己的乐器，朝大厅内侧的休息室走去。他们刚刚成功地演奏了《第六交响曲》，大厅里回响着暴风雨般的掌声。指挥把手插在衣袋里，慢吞吞地在大伙儿中间转悠，仿佛根本不把掌声当回事。可是，其实他快活极了。乐手们衔着香烟，有的在擦火柴，有的把乐器收回盒子里。

大厅里的掌声还在响着，不仅没有停歇，反倒越来越热烈，那声音有点吓人，也有点让人不知所措。这时，系着白色大领结的主持人走了进来，说：

"观众要求加演。能不能随便来一首短点的曲子呢？"

指挥沉下了脸："不行。刚演奏完这么一首经典大作，接下去不管再表演什么，都不可能令人满意。"

"那么，请指挥先生到台上说两句吧。"

"不行。噢，戈修，你上去拉一首吧。"

"要我去？"戈修目瞪口呆。

"你去，你去。"首席小提琴手忽然抬起头，说道。

"好了，去吧。"指挥说。大伙儿把大提琴硬塞给戈修，打开门，猛地把戈修推向舞台。戈修抱着那把破了洞的大提琴，无可奈何，硬着头皮上了台。观众们越发猛烈地拍起手来，好像在说"快看啊"，有人"哇——"地叫了起来。

"简直小看人！好，听着吧，给你们来一首《印度猎虎》！"戈修完全镇定下来，走到舞台的正中央。

接着，就像三花猫来访之夜那样，戈修以暴怒的大象之势演奏起《印度猎虎》。观众们鸦雀无声，全神贯注地倾听着。戈修迅猛地进行着乐曲——让三花猫浑身难受、噼啪冒出火星的章段演奏完了，让它痛苦难忍、几次三番撞门的章段也演奏完了……

一曲终了，戈修一眼没看观众席，拿着大提琴，像三花猫似的嗖嗖逃进了后台。后台里，指挥和乐手们活像遭遇了火灾，眼睛一眨不眨，鸦雀无声地呆坐着。戈修索性自暴自弃，疾步从大伙儿中间穿过，一屁股坐到对面的长椅上，盘起了腿。

这时，大家齐刷刷地转过脸，盯着戈修。他们神情严肃，完全没有嘲笑的意思。

"今晚真够怪的。"戈修心想。

这时，指挥站了起来，说道："戈修，很棒！虽说是那么一首曲子，大伙儿都认真地听着呢。才十天不到，你就能拉得这么好！跟十天前相比，简直是婴儿和士兵的区别。可见只要想做，无论什么时候都能做好，对吧？"

同伴们也纷纷起身，对戈修说："太精彩了！"

"哎呀，有个好身体，连这种曲子都能表演下来。普通人的话，简直要搞出人命嘛。"指挥还在高谈阔论。

这天夜里，戈修很晚才回到水车小屋。

然后，他咕嘟咕嘟地喝了水，打开窗子，望着那天布谷鸟飞去的遥远的天空，说道：

"啊，布谷鸟，那天很抱歉。其实，我并没有生气。"

鹿舞起源
鹿踊りのはじまり

闪闪发亮的云彩横亘在西面的天空，像一层层褶皱延绵不绝。夕阳从云缝里洒下光辉，红彤彤地斜照在苔原上。芒草仿佛白色的火焰，灿灿地摇动着。我感到疲惫，便在此处睡下，却听见呼呼吹过的风声渐渐变成了人语。随即，那声音讲述起北上山地和原野上的鹿舞的真正精魂。

当这片土地还覆盖着高高的杂草和黝黑的森林时，嘉十就和祖父他们一起从北上川东面迁徙过来，开垦了小块田地，种上了粟米和稗子。

有一次，嘉十从栗子树上掉下来，摔伤了左膝盖。当时，人们一旦生病，总是到西山的温泉那里，搭一个小棚子住下，慢慢疗养。

于是，一个天气晴朗的日子，嘉十出发前往温泉。他背着干粮、大酱和饭锅，腿还有点跛，慢悠悠地走在满目银色芒草穗的原野上。

走过几条小溪流和几片小石子荒原，山脉的轮廓越来越大，越来越清晰，山上的树木也变得清晰可见，看上去仿佛一株株桧叶金藓一般。夕阳西下，苍白的阳光闪闪地照在十几株绿油油的赤杨树梢上。

嘉十坐到草地上，扑通卸下背上的行李，拿出橡子面混着粟米面做成的团子，吃了起来。芒草一丛丛、一簇簇地生长着，无边无垠地布满了原野，荡漾起雪白闪亮的波浪。嘉十一边吃着团子，一边想道，赤杨树那黑黢黢的树干，笔直地矗立在芒草丛，实在是刚劲得很。

不过，可能是他刚才走路太费力了，还吃不下多少东西。结果，橡子面团子剩下一块，也就是橡子果实那么大。

"这一块给鹿吃吧。喂，鹿啊，来吃喽！"嘉十自言自语，把团子放在了梅花草的白色花朵底下。然后，他又背起行李，慢慢地继续向前走。

可是，走了一小段路，嘉十忽然发现毛巾落在了刚才休息的地方，于是连忙回去找。黑黢黢的赤杨树看上去就在眼前，走回去应该根本不算什么。

然而，嘉十蓦地站住了。

因为，他分明感觉到了鹿的气息。

鹿少说有五六只，它们伸长了湿润的鼻子，安静地迈着步子。

嘉十小心翼翼地不碰到芒草，踮起脚尖踩着苔藓，悄悄走近鹿群。

的确，鹿找到了刚才的橡子面团子。

"呵，鹿们这么快就找来了。"嘉十把笑声憋在喉咙里，自言自语道。他弯下腰，蹑手蹑脚，缓缓地靠近。

从一簇芒草后面，嘉十悄悄探出头，顿时吃了一惊，又缩了回去。刚才的草地上，六只鹿围成了一个圈，正骨碌碌地转圈奔跑。嘉十屏住呼吸，从芒草缝里偷偷张望。

太阳正好悬挂在一棵赤杨树顶上，树梢发出奇异的青光，仿佛是一动不动伫立着的、俯视鹿群的青色动物。每一根芒草穗都闪耀着银光，这一天的鹿群，皮毛也格外美丽。

嘉十非常高兴，轻轻地单膝触地，入迷地望着眼前的情景。

鹿群围了一个大圈，骨碌碌地转动。不过，仔细观察一下，就会发现每只鹿的注意力都在大圈的中央。证据便是，它们的脑袋、耳朵和眼睛都朝向那里，而且时不时地，它们摇摇晃晃地离开大圈，朝中央迈上两三步，仿佛被谁拉过去似的。

当然，嘉十的那块橡子面团子就放在大圈中央，但吸引鹿群频频凑上前的，却绝不是团子，而是呈 L 形落在旁边草

地上的、嘉十的白毛巾。嘉十用手轻轻扶住受伤的腿，在苔藓上坐了下来。

鹿群的奔跑渐渐慢了下来，大伙儿轮流伸出一条前腿，朝圆圈中央探去，仿佛马上就要冲过去。接下来，鹿们似乎吃了一惊，又把前腿缩了回去，笃、笃、笃，继续安静地奔跑起来。悦耳的蹄声一直传到原野上黑土的最深处。然后，鹿群停止了转圈，都聚到毛巾的一侧站住了。

忽然，嘉十觉得耳朵里吱吱作响，身体也哆哆嗦嗦地发起抖来。鹿群的情绪仿佛随风摇动的草穗似的，一波波地传了过来。

嘉十实在怀疑自己的耳朵，因为，他分明听到了鹿群的说话声。

"那么，我过去看看吧。"

"不行，危险！再观察一下。"

——嘉十听到了这样的对话。

"上一回，狐狸的嘴就被炸碎了，那可就完蛋了。有橡子面团子就行了。"

"对啊，就是。"

——他还听到这样的对话。

"或许是个活物呢。"

"嗯，有的部位确实像个活物。"

——还有这样的对话。

这期间，终于有一只鹿似乎下定了决心，挺直了后背，离开大圈，朝正中央走去。

大伙儿都停下脚步，望着这只鹿。

前进中的鹿尽力伸长脖颈，四条腿绷得紧紧的，缓缓地凑近毛巾。突然，它猛地蹦起来，一溜烟地逃了回来。旁边的五只鹿也四下奔逃，直到看见第一只鹿已经停步，才终于放下心来，慢吞吞地回来，围在第一只鹿跟前。

"怎么样？那个又白又长的东西是什么？"

"那是个皱巴巴的东西。"

"那就不是活物。大概是蘑菇之类的吧，可能还是个毒蘑菇。"

"不对，不是蘑菇。还是个活物。"

"是吗？活物的话，又有皱纹，那就是老了。"

"嗯，是个老哨兵吧，哈哈哈。"

"嘿嘿嘿，白乎乎的哨兵。"

"哦，哈哈哈，白乎乎的哨兵。"

"这一回，我去看看。"

"去看看吧，没事的。"

"不会被咬住吧？"

"不会，别担心。"

于是，又有一只鹿缓缓地走了过去。另外五只鹿站在原地，一边轻轻地甩着头，一边望着它。

前行的那只鹿露出害怕的表情，四条腿并在一起，后背也拱了起来，然后又伸展开，小心翼翼地往前走。

终于，它来到了距离毛巾只有一步之隔的地方，尽力伸长脖子，嗅着气味。突然，它一下子跳起，逃了回去。大伙儿也吓了一大跳，一齐奔逃，看到这只鹿已经停下脚步，这才放下心来，五颗脑袋都凑到这颗脑袋旁边。

"怎么样？为什么逃回来？"

"那东西会咬我们吗？"

"那究竟是什么？"

"我不知道。反正是白色的，还有蓝色，两种花色。"

"什么味道，味道呢？"

"味道像柳树叶一样。"

"那么，会不会喘气？喘气吗？"

"嗯，这个倒没注意。"

"这一回，我过去看看。"

"去吧。"

第三只鹿也同样缓缓地走上前。这时，一阵轻风吹过，毛巾动了一动，前行中的鹿吃了一惊，立刻停了下来。围观的那几只也吓了一跳。不过，第三只鹿总算又镇定下来，继续慢慢前进，终于把鼻尖伸到了毛巾上。

另外五只鹿面面相觑，轻轻点头。就在这时，第三只鹿忽然前腿上扬，一跃而起，逃了回来。

"为什么逃回来？"

"太吓人了。"

"那东西喘气吗？"

"倒是没有喘气的声音。好像也没有嘴。"

"有脑袋吗？"

"这倒不清楚。"

"那么，这回我去看看吧。"

第四只鹿走了过去。当然，这只鹿也小心翼翼，不过它一直走到了毛巾跟前，毅然把鼻子凑到毛巾上。就在这时，它突然急急地缩回去，一溜烟地跑了回来。

"哦，好软和呀。"

"像软泥那样吗？"

"不是。"

"像草那样吗？"

"不是。"

"像萝藦种子上的绢毛那样吗？"

"噢，比那个稍微硬一点。"

"是什么东西呢？"

"总之是个活物。"

"应该是的。"

"我也过去看看。"

第五只鹿同样也是缓缓前进。这只鹿好像很喜欢开玩笑，它把头贴到毛巾上，随即露出怀疑的表情，扑棱甩了甩头。围观的五只鹿都跳了起来，哈哈大笑。

第五只鹿很得意，伸出舌头舔了舔毛巾，顿时吓了一跳，大张着嘴巴，耷拉着舌头，风一般地跑了回来。大家非常吃惊。

"怎么，怎么，被咬了吗，疼不疼？"

"嗯嗯嗯。"

"舌头掉下来了吗？"

"嗯嗯嗯。"

"怎么了，怎么了，你还好吗？喂。"

"啊，哎哟，舌头总算缩回来了。"

"那东西什么味儿？"

"什么味儿也没有。"

"是活物吗？"

"看不出来。这回你去看看吧。"

"噢。"

最后一只鹿小心翼翼地走上前去。大伙儿轻轻甩动着脑袋，饶有兴趣地看着。上前的那只鹿歪着脑袋，嗅了一会儿毛巾，似乎觉得没什么好担心的，一下子把毛巾叼了回来。这下子，鹿群轻快地蹦跳起来。

"噢，太棒了，太棒了！把这家伙弄过来，再没什么好怕的了。"

"这家伙一定是个干透了的鼻涕虫。"

"好了。我们唱歌跳舞吧！"

第六只鹿走到鹿群中唱起歌来，大伙儿骨碌碌地围着毛巾转起圈来。

原野的中央，有个好东西，
呜啊呜啊，橡子面团子。
橡子面团子，香香甜甜，
旁边趴着个，什么东西？
白乎乎的哨兵，让人担心，
白乎乎的哨兵，软软塌塌。
不哭不闹，不吼不叫，
瘦瘦长长，皱皱巴巴，
嘴在哪里，有脑袋吗？
一只鼻涕虫，都干透啦。

鹿们奔跑跳跃，转着圈舞蹈。它们时不时地像风一样冲到毛巾跟前，用角去顶，用脚去踩。嘉十那可怜的毛巾沾满了泥土，还破了好几个洞。

鹿群的转动渐渐缓慢下来。

"哎，我们把团子吃了吧。"

"哎，蒸好的团子。"

"哎，圆圆的团子。"

"哎，香香的团子。"

"哎，呜啊呜啊。"

"哎，吃吧！"

接下来，鹿们四下散开，又聚到团子旁边，把橡子面团子围了起来。

从第一只上前查看毛巾的鹿开始，鹿们轮流咬了一口团子。到了第六只鹿的时候，只能勉强吃到豆粒大小的团子了。

然后，鹿们又围成一个大圈，骨碌碌、骨碌碌地奔跑起来。

嘉十聚精会神地看着鹿群，仿佛自己也变成了鹿，真想现在就冲出去一起跳舞。但他一转眼看到了自己的大手，心想"不行啊"，于是又屏住了呼吸。

此时，太阳正好挂在赤杨树梢的中间，放出泛黄的光芒。鹿群的转动再次慢了下来，它们急促地点头，最后面朝太阳排成一列，仿佛朝拜太阳似的，笔直地站立着。

这情景真是如梦如幻，嘉十看得入了迷。

站在最右端的鹿低声唱起来：

赤杨树，
叶子绿油油，
太阳挂在树梢后，
光辉长久。

听着那水晶笛一般的歌声，嘉十闭上眼睛，不由得颤抖起来。右边第二只鹿突然一跃而起，像波浪一般跳跃着，穿过鹿群的缝隙。时不时地，它朝着太阳的方向低下头。奔跑了一会儿，它回到自己的位置，立刻停下了脚步，唱道：

赤杨树，
背负着太阳，
闪闪发亮，
像铁镜子一样。

听了歌声，嘉十也向着伟大的太阳和赤杨树朝拜起来。这时，右边第三只鹿频频地抬头低头，唱起歌来：

太阳落下，
赤杨树梢，
芒草芒草，

银光闪耀，
银光闪耀。

的确，满目芒草就像燃烧着的雪白火焰。

银色的芒草丛，
赤杨树挺立如松，
树影长长，
映在草丛中。

第五只鹿深深地低下头，自言自语似的唱道：

银色的芒草丛，
暮色匆匆，
苔原之上，
蚂蚁也没了影踪。

这时，鹿们都垂下了头。片刻之后，第六只鹿飒然昂首，唱道：

银色的芒草底下，
悄悄地，

梅花草绽放了白花，

多么可爱，

纯洁无瑕。

　　接着，鹿群发出了短笛般的鸣声，跳跃起来，激烈地转着圈。

　　寒风呼呼地从北方吹过来，赤杨树闪闪发光，的确像破碎的铁镜子，甚至让人觉得，树叶间的摩擦会发出锵锵的声响。芒草穗仿佛也加入了鹿群，一起唰唰地舞动着。

　　嘉十完全忘记了自己和鹿的不同，大叫着"噢，哎哟，哎哟"，从芒草丛后面跳了出来。

　　鹿群大吃一惊，高扬起前腿竖立起来，随即像被疾风吹动的树叶似的，斜着身子逃走了。它们分开芒草的银色波浪，弄乱了夕阳流泻的光芒，跑向很远很远的地方。鹿群经过之处，芒草仿佛平静湖面上的水纹，久久地闪耀着银光。

　　嘉十露出了一丝苦笑，捡起沾满泥土、有了破洞的毛巾，向西迈开了脚步。

　　后来，在苔原的夕阳中，我从过路的秋风那里，匆匆听到了这个故事。

传统经典

むかしばなし

竹子里诞生的辉夜姬
かぐやひめ

从前,有一位以伐竹为生的老爷爷。有一天,老爷爷在竹林里劳作,发现有一根竹子的根部闪闪发光,那景象神奇极了。

"啊,太奇妙了。我来劈开这根竹子,看看究竟是怎么回事。"

老爷爷把竹子劈开,只见一个小小的、娇嫩可爱的女娃娃正坐在竹子里。

老爷爷没有孩子,看到小娃娃高兴极了。他小心地把小娃娃捧回家,交给老奶奶精心抚养。从那以后,老爷爷劳作的时候,每当劈开竹子,就会看到有黄金藏在里面。没过多久,老爷爷就成了远近闻名的大财主。

小娃娃健康地成长,很快长成了一个无比美丽的姑娘。姑娘的美貌仿佛能把黑夜照亮,人们便称她为"辉夜姬"。四面八方的仰慕者们纷纷前来,希望能娶美丽的辉夜姬为妻。

在求亲者中,有五个青年格外热情。他们都是有身份、有才能的俊杰，可是辉夜姬却无意出嫁。

由于青年们过于执着，辉夜姬十分为难，最后只好说："那么，请诸位各自去寻找一样宝物，如果哪位找到了，我就嫁给他。"

辉夜姬让青年们去寻找的宝物，分别是天竺佛前的石钵、蓬莱山上的玉枝、唐土的火鼠裘、骊龙颔下的宝珠、燕子的子安贝。这些宝物都是世间绝顶的珍品，绝不是凡人能轻易到手的。五个青年费尽心机去寻找，但没有一个人能够找到真正的宝物。

辉夜姬总算摆脱了求亲者们的纠缠，然而，她的美名竟然传到了天皇的耳中。

"我一定要娶辉夜姬做我的皇后。"天皇说道。

接到天皇的旨意，老爷爷和老奶奶十分欢喜。

"多么完美的姻缘呀！世间再也没有比天皇更好的夫婿了。"

可是，辉夜姬并不愿意出嫁。她想拒绝这门亲事，但违抗天皇的旨意，实在是非同小可的行为。

于是，每个夜晚，辉夜姬都悲伤地望着月亮，潸然泪下。

老爷爷和老奶奶担心极了，询问辉夜姬究竟为何如此悲伤，辉夜姬含着眼泪说：

"我本是月亮上的仙女，因为某种缘故，来到了人间。

如今到了我该回去的时候了,下次月圆之夜,我就要与二老分别。想到这些年的抚育之恩,我忍不住伤心。"

天皇得知了这个消息,派来了几千名士兵,日夜守卫着辉夜姬。天皇希望留住辉夜姬,不让她在月圆之夜被天上的仙人接走。

到了月圆之夜,夜深了,辉夜姬的家中忽然发出耀眼的光芒,照得四周比白昼还亮。天上的仙人身穿华美的衣裳,驾着一辆华盖飞车,前来迎接辉夜姬。守卫的士兵们都身体发软,昏昏欲睡,完全没有力量战斗。紧闭着的门户已经自行开启,辉夜姬走了出来,乘上月宫的华盖飞车,翩然升空而去。

仙鹤报恩的故事
鶴の恩返し

从前有一对老爷爷和老奶奶,他们的心地非常善良,但生活得很清贫。

一个寒冷的冬日,老爷爷到城里卖柴。

半路上,老爷爷看到田野里有一只仙鹤被绳索缠住了,正在拼命地挣扎。

"哎哟,太可怜了!"

老爷爷很同情仙鹤,帮它解开了绳索。

仙鹤在老爷爷头顶盘旋了三圈,咯咯地发出愉快的叫声,然后飞走了。

这天晚上,从黄昏时开始下雪,雪纷纷扬扬地越来越大。

老爷爷正把救了仙鹤的事讲给老奶奶听,就在这时,嗒、嗒、嗒,外面有人在敲门。

"打扰了,请开开门吧。"

是年轻姑娘的声音。

老奶奶把门打开，只见一个头上落满雪花的姑娘站在门口。

老奶奶吃了一惊，叫道："哎哟，一定冻坏了吧。快，快进屋来。"

说着，她把姑娘请进了屋子。

"我到这附近找人，可是怎么也没找到他家。天黑了，又下着雪，好不容易走到了这里。老人家，能不能让我借住一晚呢？给您添麻烦了。"姑娘恭敬地请求道。

"哎，就是，这样多为难呀。如果不嫌弃我们家，就请住下吧。"

"老人家，太感谢了。"

姑娘十分高兴，这天晚上她帮忙做晚餐，忙活了好一阵子才休息。

第二天一早，老奶奶醒来的时候，看到姑娘已经在干活了。

地炉里火光明亮，锅里冒出了热气。

不仅如此，屋子里已经打扫得干干净净。

"哎呀，这怎么好意思，不光是做饭，连屋子都帮我们收拾。谢谢你！"

第二天、第三天都是大雪纷飞，没办法把门打开。

姑娘给老爷爷揉肩膀。

"啾，啾，多么勤快的姑娘，多么体贴、多么善良的姑娘啊！要是我们家有这样一个女儿，该有多好啊！"

老爷爷和老奶奶互相看看，心有同感。

听了这话，姑娘俯下身请求道："我是个无依无靠的孩子。老人家，请允许我留在这个家吧。"

"嗯，嗯。"

"哎呀，哎呀。"

老爷爷和老奶奶高兴极了。于是，三个人生活在一起，日子虽然清贫，但每一天都乐陶陶的。

有一天，姑娘说想要织布，请老爷爷帮她买线。

老爷爷把线买了回来。姑娘把织布机的四周都围上了屏风，说："布织完以前，请千万不要看我呀。"

说完，姑娘开始织布。

咔嗒咔嗒，咔嗒咔嗒……

三天之后，姑娘终于织完了布，说道："老爷爷，老奶奶，请把这匹锦缎拿到城里卖掉吧。回来的时候，帮我再买些线回来。"

姑娘织出来的，是像天空中的云彩一样轻柔的、美丽无比的锦缎。

"太漂亮了！"

老爷爷把锦缎拿到城里，一位尊贵的侯爷花大价钱买下了锦缎。

老爷爷满心欢喜，再次买回了线。于是，姑娘又开始织布。

"哎，老头子，你说这孩子，怎么能织出那么漂亮的锦缎呢？我去看看，就看一眼。"老奶奶说。

老奶奶凑到屏风旁边，透过缝隙窥探里面的动静。却见里面并没有姑娘，只有一只瘦弱的仙鹤。仙鹤正用长长的喙拔下身上的羽毛，将羽毛夹在线里织布。

"老头子，老头子啊……"

老奶奶大吃一惊，慌忙告诉了老爷爷。

咔嗒咔嗒，咔嗒咔嗒……

织布机的声音停止了，姑娘抱着锦缎走了出来，她比以前更瘦弱了。

"老爷爷，老奶奶，我已经无法隐瞒了。我就是您以前救过的仙鹤，为了报恩，我变成了姑娘。可是，现在我们不得不分别了。请多保重，希望二老健康长寿。"

话音刚落，姑娘已经顾不上老爷爷和老奶奶的挽留，转瞬间变成了仙鹤，飞上了天空。

仙鹤在这个家的上空盘旋了三圈，鸣叫着，朝着山对面飞去。

"仙鹤呀，不，姑娘呀，你也要好好的，自己多保重……谢谢你为我们做这么多……"

老爷爷和老奶奶久久地目送着仙鹤。

后来，两位老人卖掉姑娘织的锦缎，依靠这些钱过上了幸福的生活。

浦岛太郎
浦島太郎

很久很久以前，海边住着一个名叫浦岛太郎的年轻渔夫。

浦岛太郎和年迈的母亲相依为命。他每天出海打鱼，然后在村子里把鱼卖掉，勉强维持着母子俩的生活。

有一天，太郎正走在海岸上，看到一群孩子围在一起，不知在干什么。

太郎上前一看，原来是一只海龟被海浪冲到了岸上。孩子们对海龟又踢又打，抛来抛去，使劲儿欺负它。

"喂，这是干什么？欺负一个生灵，多可怜啊。喏，给你们点零花钱，拿去买糖吃吧……这些淘气包，简直不像话。唉，你这只海龟，这回可遭罪了。以后要小心点，别再给人逮住了。"

海龟看上去非常感激，回头看了好几遍，才回到海里去了。

过了几天，浦岛太郎乘船出海打鱼，忽然听到船舷边有人在叫他:"浦岛兄,浦岛兄!"

转头一看,原来是前几天救过的海龟。

海龟说:"哎呀,浦岛兄,上次多亏你救了我。为了表达感谢,我带你去龙宫玩一趟,坐到我背上来吧。龙宫可是个有趣的地方啊。"

"哦,你就是那天的海龟啊。你是来感谢我的?太让人感动了。哎哟,哈哈哈,坐在你背上可真舒服。"

浦岛太郎坐在海龟背上,潜入了海中,唰唰地一路向前。不一会儿,他们来到了海底,眼前出现了一座富丽堂皇的宫殿。

宫殿的大门口,一位美丽的公主在鱼群的簇拥下,正在等待浦岛太郎。

"感谢你救了海龟。为了表达我们的心意,请在这里好好玩玩儿吧。"

龙宫里备下了丰盛的宴席,鲷鱼、比目鱼跳起了舞蹈。简直无法想象,世间竟有如此美味的食物,竟有如此精彩的表演。浦岛太郎开心极了,不知不觉中忘记了时间。

不过,几天之后,太郎挂念留在村子里的母亲。母亲会不会以为自己抛弃了她,正在伤心地流泪呢?想到这里,太郎心里难过极了。

"承蒙盛情款待,实在担当不起……真是不知应该如何道谢才好。不过,我母亲还在村子里,我很担心她。请允许我告辞。"

"原来如此。很希望你能一直留在这里,真是很遗憾。这只玉匣是我们的一点儿心意,请带上吧。不过,千万不要打开玉匣。"

浦岛太郎有些纳闷:既然不能打开,为何还要送给我呢?一边寻思着,他再次坐到海龟背上,回到了岸边。

回到村里以后,太郎大吃一惊。村子已经完全改变了模样。房子、集市和以前迥然不同,走在路上的人也全都是陌生的面孔。

太郎回到自己家所在的地方,房子已经没了踪影,母亲也不见了,到处荒草丛生。太郎询问路过的人,那人说:"浦岛?我爷爷那一代,好像有这么个人。"

浦岛太郎只在龙宫里度过了三天,可是在人世间,一百多年的岁月已经过去了。

太郎走投无路,无力地垂下了头。忽然,他想起离开龙宫时,公主赠给他的玉匣。

"如果打开玉匣,或许能明白些什么。"

浦岛太郎心想,反正豁出去了,啪地打开了玉匣。顿时,一股白烟噗地喷了出来。太郎的头发一下子变得雪白,眼看着皮肤失去了光泽,腰唰地弯了下来。转眼之间,太郎变成了一个老爷爷。

桃太郎
桃太郎

（一）桃太郎诞生

从前，有个地方住着一对老爷爷和老奶奶。

老爷爷上山砍柴，老奶奶到河边洗衣服。

有一天，老奶奶正在河边哗哗地洗衣服，这时，一只大桃子从河的上游晃晃悠悠地漂了过来。

"哎呀，桃子看起来很好吃嘛。要是我家的桃子，就到这边来；要是人家的桃子，就到那边去。"

老奶奶话音刚落，桃子唰地漂到了她的跟前。

老奶奶把大桃子带回了家，和老爷爷一起，打算把桃子切开。

"老太太啊，你捡的桃子可真大呀。"

"长得真好看，一定好吃得很。"

他们刚要拿刀去切桃子，啪的一声，桃子自己裂开了，一个可爱的小男孩腾地跳了出来。

"啊，怎么回事？"

老爷爷和老奶奶大吃一惊。可是，他们觉得这一定是神明恩赐的孩子，就决定抚养这个孩子。

因为孩子是从桃子里诞生的，他们给孩子取名为桃太郎。

桃太郎吃了食物，飞快地长大。

吃了米饭，唰唰地长高；吃了甘薯，唰唰地长高；吃了萝卜，唰唰地长高……

就这样，桃太郎长成了一个健壮结实的男孩子。

（二）不爱干活的桃太郎

可是，桃太郎一点儿也不爱干活，每天吃了睡，睡了吃。

说起那个年代的孩子，到了十二三岁，就是劳动能手了。到田里做农活呀，到山里打猎呀，什么都要干。

然而桃太郎一天到晚闲着发呆，完全不肯劳动。

尽管如此，桃太郎的性格豪爽大方，伙伴们都很喜欢他，大家跟他打招呼：

"哟，桃太郎！"

"桃太郎，今天又这么悠闲哪。"

有一次，村里的年轻人一起去山里伐木。别人都是一大早起来去山里了,桃太郎却直到中午之后,才好不容易睁开了眼睛。"啊——"打了一个大哈欠,嘟囔一句"好了,干活吧",终于上了山。

这期间,别的小伙子已经风风火火地砍了好多树。眼看着太阳快下山了,桃太郎才悠闲地爬上山来。

"桃太郎,都到这会儿了,你怎么才来?看你睡眼蒙眬,头发还乱糟糟的。"

"嗯,现在开始,我要大干一场了!"

说完,桃太郎一把搂住最大的那棵树,两腿稳稳地叉开,唰啦一下把大树拔了出来。

然后,大伙儿目瞪口呆,桃太郎夹着大树优哉游哉地下山了。

这件事以后,大伙儿都自叹不如,说:"桃太郎虽然悠闲得很,但干活的时候,最能干的就是他呀。"

(三)桃太郎去鬼岛

当时,经常有鬼来村子里捣乱,那些鬼把大米和蔬菜偷走,在街上放火,把人拐走。对此,村里人都头疼极了。桃太郎却不管这些,依然迷迷糊糊地大睡懒觉。

朋友们凑在一起,一个劲儿地劝桃太郎:

"桃太郎，鬼太可恶了！"

"你替大伙儿把鬼收拾了吧！"

"什么啊，真烦人。"桃太郎还是无所事事地混日子。

不过，被人当成依靠，毕竟是件开心的事。有一天，桃太郎忽然兴起，心想去把鬼降服了也蛮好玩的，于是说道：

"爷爷，奶奶，既然大伙儿都没办法，那我去把鬼收拾了吧。"

老爷爷和老奶奶大吃一惊，拦着桃太郎不让去。但桃太郎的脾气是，话一旦说出口就决不会更改，无论如何都要出发。

两位老人无可奈何，老爷爷给桃太郎做了一面威风凛凛的旗子，上面写着"日本第一"四个大字；老奶奶做了黄米面团子，让桃太郎带着路上吃。这种黄米面团子，现在还是冈山这个地方的名产，人们买来当作礼品的。

桃太郎扛着老爷爷做的"日本第一"的大旗，带上老奶奶做的日本第一的黄米面团子，动身去降服可恶的坏鬼们。

半路上，桃太郎遇到一只狗，狗问道：

"桃太郎，桃太郎，挂在你腰上的是什么？"

"这是日本第一的黄米面团子。"

"太好了，我也想要。"

"如果你做我的帮手，我就给你团子。"

"那我就做你的帮手吧。"

于是，狗成了桃太郎的帮手。

桃太郎和狗飞快地赶路。接下来，他们遇到了猴子。

"桃太郎，桃太郎，挂在你腰上的是什么？"

"这个吗？是日本第一的黄米面团子。"

"太好了，我也想要。"

"如果你做我的帮手，我就给你团子。"

"那我就做帮手吧。"

于是，猴子也成了桃太郎的帮手。

桃太郎带着狗和猴子飞快地赶路。然后，他们遇到了雉鸡。

"桃太郎，桃太郎，挂在你腰上的是什么？"

"这个嘛，是日本第一的黄米面团子。"

"太好了，我也想要。"

"如果你做我的帮手，我就给你团子。"

"那我就做吧。"

就这样，雉鸡也成了桃太郎的帮手。

（四）鬼岛大决战

桃太郎和狗、猴子、雉鸡一行坐上船，朝着鬼居住的地方——"鬼岛"前进。船哗哗地驶过海面，远处出现了一座可怕的岛。

"到了，那就是鬼岛。"

上了岸一看，真是一座吓人的岛，到处怪石嶙峋，眼前是一座大铁门，守门的鬼恶狠狠地瞪着桃太郎他们。

"什么人？一个个陌生得很！"

桃太郎大声报上名字："我是日本第一的桃太郎！远道而来，就是为了收拾你们这些坏鬼！等着吧，看我把你们打个落花流水！"

守门鬼哈哈大笑，心想这小子简直胡说八道。瞅着这个空隙，雉鸡呼地飞过去，把大门的锁给卸了下来。事出意外，守门鬼猝不及防，桃太郎一行却不再理睬他，雄赳赳地冲进了鬼城堡。

看到闯进这么一伙人，鬼们吃了一惊，但转念一想，这些小不点能干什么呢？于是，鬼们向桃太郎他们扑了上去。然而，桃太郎吃了日本第一的黄米面团子，早已变得非常强壮，帮手们也都英勇无比。狗咬住鬼的腿，猴子冲上去又抓又挠，雉鸡唰地飞过去啄鬼的眼睛。桃太郎勇猛地挥舞着木刀，把鬼们打得连哭带叫，四处逃命。

这时，巨大的赤鬼突然出现在桃太郎面前。赤鬼是鬼的首领，他呼呼地抡动着铁棒，凶悍极了。

"你们这些没用的东西，一个臭小子就把你们打得连滚带爬！看我的！"

呼——铁棒朝桃太郎当头砸下！

就在这节骨眼上,桃太郎一跃而起,木刀砰地砍中了赤鬼的额头。雉鸡趁机啄向赤鬼的眼睛。

"啊——"

赤鬼倒了下去。狗和猴子也冲上去又撕又扯,把赤鬼打得惨叫不止。

终于,鬼们乖乖地投降,向桃太郎赔礼道歉,承诺再也不去村子里捣乱,又送了他们很多宝贝。

就这样,桃太郎一行大获全胜,喜气洋洋地回去了。

弃老山
親捨山

从前，一位孝顺的儿子和他的老父亲一起生活。当时，老人被认为是多余的人，一到六十岁必须背到山里扔掉，这是个规矩。

终于，老父亲年满六十岁，儿子不得不把父亲扔进山里。儿子背着父亲，朝着弃老山的最深处前行。父亲向来非常疼爱儿子，担心儿子在陌生的深山里找不到回去的路，于是，他在儿子背上一边向前，一边啪啪地折下树枝，丢在路上作为标记。

到了深山里，儿子找了个能遮蔽风雨的地方，铺上树叶，说："父亲，我们就此分别吧。"

父亲说："刚才我折下了树枝当路标，你回去的时候，顺着树枝走，就能找到回家的路。"

听了父亲的话，儿子再也舍不得父亲，落下泪来。怎么能把这么慈爱的父亲扔掉呢？于是，儿子又把父亲背了回来。可是，如果这件事被官府知道，就会惹下大祸。所以，儿子不敢把父亲放在家里，而是在后院挖了个地窖，把父亲藏在里面。每天，儿子都给父亲送去三餐，有了什么好吃的，也会送过去，偷偷地赡养着老人。

有一次，藩主出了一道难题，命令大伙儿"用灰搓一根绳子"。人们绞尽脑汁，怎么也想不出办法来。儿子悄悄地去问地窖里的父亲，老人说道：

"先搓一根结实的绳子，把它放在门板上，整根都烧掉。"

儿子按照父亲的主意，果然得到了一整根"用灰搓成的绳子"。儿子把绳子献上去，藩主称赞道"不错"。接着，藩主又命人拿来一根圆木棒。木棒黑漆漆的，完全分不出哪头是树根，哪头是树梢。藩主吩咐道：

"这根木棒，哪头儿是树根，哪头儿是树梢，你去弄清楚。"

儿子又去跟地窖里的父亲商量，父亲说：

"轻轻地把木棒放在水里。浮起来的那头是树梢，沉下去的那头是树根。"

儿子连忙把木棒放到水里，果然分了出来。他去向藩主禀报，结果藩主又出了第三道难题："看来你聪明得很。那么你来做一面'不用敲就响的大鼓'吧。"

父亲得知以后，说："这个不难。你到山里去找一个蜂巢。"

然后，父亲又让儿媳去牛皮作坊买来一张牛皮，把蜂巢放进去，把牛皮绷好，一面大鼓就做成了。只要稍微一碰，鼓里的黄蜂就骚动起来，大鼓便会嗡嗡作响。儿子把鼓献给藩主，藩主碰了碰，大鼓立刻嗡嗡地响了起来。藩主大喜，说道：

"三道难题你都解开了，果然聪明过人。你来说说，究竟是怎么解开的？"

"是。其实以我的才智，并不足以解开这些难题。是我藏在地窖中的老父亲，如此这般地教给我办法。还是老人有智慧啊。"儿子心惊胆战地坦白了真相。

"是吗，老人懂得这么多？从今以后，不要再把老人扔到山里去了。"藩主说道。

就这样，老人再也不必被扔到山里了。

文福茶釜

文福茶釜

从前有一对老爷爷和老奶奶,他们过着清贫的生活。快到年底了,他们每天都忙忙碌碌的。有一天,老奶奶对老爷爷说:

"老头子,今天暖和一点儿,你去买点年货吧。"

于是,老爷爷出发去城里置办年货了。

可是,老爷爷手头只有很少一点儿钱,根本买不了什么东西。

"唉,真没办法呀。"老爷爷一路叹息着。

就在这时,一只花貉狸摇摇摆摆地穿过树林,遇到了老爷爷。

花貉狸招呼道:

"老爷子,老爷子,怎么没精打采的呀?"

"当然没精打采喽。快过年了,手里却没有钱,天气还这么寒冷,没办法啊。"

"我帮你想个主意吧。我变成一个茶釜,你可以把我拿去卖给寺庙里的和尚。"

"这种事儿……真能行吗?"

"当然能行。能卖三个金币呢。"

听花貉狸这么说,老爷爷也动了心,他们俩来到了寺庙的大门前。只见花貉狸骨碌碌一滚,顿时变成了一个漂亮的茶釜,实在是精致得很。老爷爷用包袱皮把茶釜包好,叫着"打扰了",走进了寺庙。

"大和尚,大和尚,我得了一件宝贝,带来给您瞧瞧。这是件黄金茶釜,不知您是否有意买下?"

"是吗?快给我看看。"

大和尚把茶釜拿在手里,仔细打量了一番,还用手指弹了弹。茶釜发出了锵锵的悦耳声音。

"的确不同凡响。我买了。要多少钱?"

"三个金币。"

虽说价格不菲,但如此精美的宝物,花费这些也是难免的。大和尚这样想着,从里屋取出三枚金币,买下了茶釜。

"小沙弥,小沙弥,今晚我要用这只茶釜煮茶喝。你去把它刷洗干净。"

"是。"

听了大和尚的吩咐,小沙弥把茶釜搬到厨房,拿起刷子,哧哧、哧哧地刷洗起来。谁知道,茶釜忽然说起话来:

"小沙弥,小沙弥,别刷啦,屁股让你刷秃啦!"

小沙弥大吃一惊,赶紧跑去找大和尚。

"师父,师父,茶釜会说话!它说'别刷啦,屁股让你刷秃啦'。"

"哦,那茶釜是个宝贝,锵锵作声,听起来像是在说话。行了,不要再刷了,烧水煮茶吧。"

"是。"

小沙弥把茶釜装满水,放在炉灶上,点着了火。

"小沙弥,小沙弥,太烫太烫别烧啦,屁股都让你烧焦啦!"

小沙弥更加惊诧,慌忙又跑去找大和尚。

"师父,我没有听错。这一回,茶釜说'小沙弥,小沙弥,太烫太烫别烧啦,屁股都让你烧焦啦'!"

"怎么可能有这种事!不要再烧了,把水倒出来吧。"

"是。"

小沙弥回到厨房,转眼之间,只见茶釜长出了脚,长出了手,长出了花貉狸的尾巴。

"师父,出大事了!"小沙弥大叫。

这期间,茶釜已经变成了一只货真价实的花貉狸。花貉狸哇哇叫着冲了出去,向山里逃去。

狐狸和狼
狐と狼

从前,狐狸和狼是好朋友。

有一天,狐狸刚经历了一个漫长的冬天,肚子很饿,想去找点吃的,就从洞穴里钻了出来。它小心地避开人,在路边嗅来嗅去。就在这时,一股鲜美的味道顺风飘了过来。

"啊,鱼的味道!太妙了,卖鱼的要来了。那我就先来点鱼吧。不过,现在是大白天,没法溜过去偷鱼,看来只能装死喽。"

狐狸这家伙聪明得很,它来到大路上,张着嘴巴瘫倒在地,仿佛已经死透了。这时,两个卖鱼的人拉着货车走了过来。

"那是什么东西?哟,是狐狸。这狐狸毛色真不错。大概是病死的。"

卖鱼的盯着狐狸,决定还是先踩踩看。于是伸出脚,重重地踩了上去。

"好痛!不过要是忍不住,就吃不到鱼,挺住……"狐狸拼命地忍耐着。

"哦,死透了。怎么踩都没动静了。"

"把这家伙卖给皮毛店,能卖一大笔钱哪。今天卖了鱼,再去皮毛店把狐狸卖了,咱俩把钱一分,可要大赚一笔呀。"

两人喜出望外,把狐狸抬过来,咚地丢进了鱼筐里。狐狸在鱼筐里晃了晃,卖鱼的拉起车,飞快地向前走去。

狐狸开心极了,尽情吃了个饱,又使劲多拿了些鱼,嗖地跳下货车,朝着路旁的破房子奔去。卖鱼的人浑然不觉,一口气把货车拉到了城里,直到他们开始卖鱼时,才发现鱼已经没剩多少了。

"啊,被狐狸骗了!死畜生!"

两个卖鱼的人勃然大怒,可是又有什么用呢?

狐狸把偷来的鱼带回窝里,有的生吃,有的拿火烤着吃,吃得满嘴流油,心满意足。就在这时,狼来找它了。

"狐兄,狐兄,你在干什么?好香的味道呀。"

"哦,今天运气不错,弄到了一点儿鱼。"

"分给我一点儿吧。"

"等一等,还没做好呢,现在过来也没法吃。"

狐狸把鱼肥美的部分自己吃掉,又藏了些在柜子里,只把不好吃的部分给了狼一些。狼羡慕狐狸的好运气,狐狸说:"这个容易得很。我只不过装死了一会儿,就顺顺利利地进了鱼筐。"

它喋喋不休地吹嘘，如何不费吹灰之力就弄到了鱼。终于，狼说："那么，明天我也试试。"

狼盼啊盼，终于盼到了第二天。狼来到狐狸告诉的地方等着，果然看到卖鱼的人从远处走来，于是赶紧装死。

"什么？今天不是狐狸，换了狼？死畜生，还能再上你的当？"

卖鱼的拿出早已准备好的粗木棍，狠狠地朝狼打去。狼哪里受得了这种暴打，差点儿被活活打死，好不容易逃过了一劫。狼来到狐狸家，对狐狸说道：

"哎呀，我可倒了大霉！被暴打了一顿，总算逃了出来。都是你的馊主意，太过分了！"

"怎么能说太过分了呢？不管有多痛，我都忍着。是你的忍耐力不够。"

听了狐狸的话，狼垂头丧气地回去了。

这天，狐狸又想找点儿吃的，躲在路边观察。这时，一个和尚背着行李走了过来，经过狐狸面前时，和尚把沉重的行李向上托了托，一个盒子啪地掉了下来，和尚却没有发现，快步走远了。"嘿，这可太走运了，没费一点儿力气，捡了个便宜。"狐狸念叨着，抱起盒子溜掉了。等它打开盒子一看，万万没想到，竟是一大盒煎饼。狐狸美美地享用着煎饼，这时狼又来了。

"哎呀，狐兄，你怎么老是遇上好事？快教教我。"狼吃了两三块煎饼，觉得更想吃了，忍不住问道。

"晚上，和尚一定会在寺院的正殿里放上供品。我们可以去吃供品。"狐狸提议道。

于是，狐狸和狼商量好一起挖洞，一直挖到寺院前，然后溜进正殿。它们默默地挖好洞，顺着隧道来到了正殿，只见殿里摆满了美味的供品。狐狸和狼高兴地打开柜子，看到里面都是酒啊肉啊杯子之类，应有尽有。

"哎呀，真是个好地方。来，喝酒喝酒。"

狐狸一个劲儿地劝狼喝酒，自己却不肯喝，只做出喝酒的样子，把酒都倒在别处了。

"吃了这么多美味，不念念经的话，实在不好意思呀。"狐狸说。

狼的脸红红的，附和道："对啊，就是。"

"和尚都是剃掉头发的。来，我帮你剃头。"

狐狸拿下挂在屏风上的袍子，让狼穿上，又找出剪子和剃刀，从狼的耳朵那里开始，咔嚓咔嚓地给狼剃起头来。

"这下像个真正的和尚了。好了，敲起钟，念经吧。"

听狐狸这么说，狼当当地敲起钟，呜呜地做出念经的模样。狐狸还在旁边挑剔："声音要再大些。"于是，狼把钟敲得当当响，自己也扯开嗓门，嗷嗷地念着经。

这么一闹腾，寺院的和尚当然听见了，于是叫醒小沙弥，吩咐道："奇怪，这个时辰，钟怎么响了？你过去看看，是什么人在敲钟。"

小沙弥从门缝里一看,大吃一惊,瘫软在地上动弹不得。过了一会儿,他看到另一个小沙弥也过来察看动静,就说:"快把大伙儿叫来,有怪物在敲钟。那不是人类,快拿棍棒来!"

许多人拿着木棍、木刀冲了进来,狐狸到底机灵,嗖地钻进了来时的地道里,把洞口堵住,自己逃走了。狼惊慌失措,嗷嗷地大声念着经,被暴打了一顿。它想起自己是从地下钻出来的,想要钻回地下,可是洞口被堵住了,实在无处可逃。一片混乱中,狼瞥见了天花板上高高的窗子,拼命地跳了出去,在大门口遇到了狐狸。

"啊,我好不容易刚跑到这里。我惦记着狼兄你,盼着你赶紧过来,刚才我还在哭呢。"

"唉,差点被人打死,我正要找你算账呢。原来是这么回事啊。"

实心眼的狼又一次被狐狸糊弄过去了。对于脑子机灵的家伙,真是拿它没办法呀。

江户的青蛙和京都的青蛙
江戸の蛙と京の蛙

很久很久以前，江户[1]有一只青蛙。

江户的青蛙觉得，如果没去过京都，简直不能算是一只像样的青蛙，于是决定去京都旅行。

与此同时，京都也有一只青蛙。京都的青蛙认为，如果没去过江户，根本不能算是一只体面的青蛙，于是决定去江户游览。

两只青蛙在途中邂逅，江户的青蛙问：

"你要去哪里呀？"

京都的青蛙答道："听说江户是个非常热闹的地方，我正要去游览一番哩。"

"是吗？我听说京都是个非常繁华的地方，正打算去旅行呢。"

两只青蛙轮流夸耀起江户和京都来，呱呱、呱呱地聊了

---

1 江户是日本东京的旧称。

好一会儿。

"好了，咱们别再自吹自擂啦，还是快点儿看看新地方吧。"

说完，两只青蛙结伴开始登山，嘭嘭地一直跳到了山顶。天空万里无云，一眼可以望到很远很远的地方。江户的青蛙朝着京都方向，京都的青蛙朝着江户方向，它们紧紧地拉着手以防摔倒，挺直腰板，用两只后腿站立起来。两只青蛙眺望了一番，却没看到任何新风景。

"怎么，江户原来和京都一模一样！那我又何必辛辛苦苦去江户呢？"

"我也一样。说是京都，可是跟江户完全没有两样嘛。用不着那么费劲地去京都喽。"

它们都忘了一件事。那就是，自己的眼睛其实长在后背上。

于是，两只青蛙嘟囔着"做了一件傻事呀"，一蹦一跳地回去了。

尾巴钓鱼
尻尾の釣

有一天，在积雪的道路上，狐狸和水獭偶然相遇了。狐狸快活地打招呼：

"哎呀，水獭兄，没想到在这里遇见你。其实，我正想去找你，跟你聊聊天呢。"

"是吗，有什么事找我吗？"

"没有什么特别的事。这以后，冬天的夜晚越来越长，我觉得，我们可以互相拜访，经常聚一聚。"

"这是个好主意。狐狸兄，那你先到我家做客吧。"好脾气的水獭立刻邀请了狐狸。

于是，水獭在刺骨的严寒中跳下河，捕了许多鲑鱼和鳟鱼，把它们拖回了家。晚上，水獭摆下盛宴招待狐狸。狐狸饱餐了一顿鲜美的鱼肉，高兴地说："啊，太好吃了。明天晚上请到我家做客吧。"说完，狐狸开开心心地回去了。

第二天晚上，水獭高高兴兴地出发了，一边走一边想道："狐狸的晚餐一定是山里的美味，也许他会请我吃兔肉汤呢。"可是，狐狸家既没有美餐的香味儿，也没有一点儿声响。

"狐狸兄，狐狸兄，我来啦。"

水獭走进屋里，发现狐狸抓着柱子，一声不吭地仰头望着天花板。

"狐狸兄，狐狸兄，你怎么了？"

"水獭兄，非常抱歉。今天轮到我看守天界，我必须一动不动地盯着上面。不好意思，今晚请先回去，明天晚上再来做客吧。"

"狐狸兄，你找了个怪差事嘛，我从来没听说过。噢，那只好这样喽。"说完，水獭回去了。

第二天晚上，水獭又出发去狐狸家，以为一定可以享用到美餐。可是，同前一天晚上一样，狐狸家静悄悄的，没有任何动静。

"狐狸兄，狐狸兄，今晚我又来了。"

水獭进屋一看，狐狸正抓着地炉，紧紧地盯着地下。

"狐狸兄，狐狸兄，你怎么了？"

狐狸头也不抬地说："唉，运气不好，今晚轮到我看守地界，必须这样盯着。不好意思，请先回去吧，明晚再来。"

水獭明白了狐狸的诡计，心想："哼，你就是不想请我吃饭嘛。"它心里十分恼火，但只说了一句"是吗"，就回去了。

第三天晚上，狐狸竟然来到了水獭家，说道："水獭兄，今晚我一定要请你去做客，不过我还没有准备好。现在我要去捕鱼，你能不能教给我怎么捕鱼？这方面你最擅长了。"

"狐狸兄，这个简单得很。找个寒冷的夜晚，你到河边去，把尾巴垂到水里，鱼就会一条接一条地游过来，咬住你的尾巴。等很多鱼咬住尾巴以后，你再小心地把尾巴拔上来就行了。"

"哦，这样啊。这个办法我倒是早就知道。"

说完，狐狸回去了。走在路上，它笑得鼻子都皱了："水獭那傻家伙，一下子就把秘密的绝招告诉了我。"

狐狸立刻来到河边，把尾巴伸进了水里，稳稳当当地坐下，望着对面的山。

一阵薄冰哗啦哗啦流过，粘在狐狸的尾巴上。又一阵薄

冰咔嚓咔嚓流过，又粘在狐狸的尾巴上。狐狸心想："哈哈，这都是鱼啊，是鱼在拉扯我的尾巴。"它快活地唱起了歌：

哟哈，鳟鱼上钩了，
啦啦啦，
鲑鱼上钩了，
啦啦啦……

狐狸一边晃动着身体，一边唱着歌。夜越来越深，尾巴也越来越沉重。狐狸虽然冷得很，但它太贪心了，想着"多钓一点，多钓一点"，一直忍耐下去。

终于，天空泛起了白光，天就要亮了。河面已经结满了白白的冰，狐狸的尾巴也被冻住了。但狐狸对此一无所知，心想："要是被早起的人或者猎狗看到，那可不得了。还是趁早把鱼拖回去比较合算。"

于是，狐狸往上拖了拖尾巴，发现尾巴非常沉重，它使足了力气往上拔，尾巴却纹丝未动。狐狸发觉大事不好，哭了起来：

鲑鱼不要啦，
尾巴尾巴快出来，
鳟鱼不要啦，

尾巴尾巴快上来，
鲑鱼鳟鱼都不要，
尾巴尾巴出来吧！

狐狸哭哭啼啼，慌里慌张地拔尾巴，可是尾巴一丁点儿也没出来。

这时，一个早起的女人到河边挑水，发现了狐狸。

"哎呀，贼狐狸！看你的蠢样！"

女人大叫着，拿起扁担狠狠地去揍狐狸。狐狸一看简直要被打死了，使出浑身的力气拼命一挣，尾巴挣断了。狐狸好不容易捡了一条命，逃回山里去了。

木匠与鬼六
大工と鬼六

从前,某个地方有一条水流湍急的大河。

住在岸边的村民们如果想去河对岸,就必须渡过大河。

可是,大河上一座桥也没有。其实,人们以前曾经造过好几座桥,可是一旦下大雨,河水就汹涌奔流,把桥都给冲走了。

"咱们得想个办法,造一座最结实的桥,不怕风吹雨打,也不怕洪水泛滥。"

村民们凑到一起商量了一番,决定去请一位有名的木匠——天下第一的造桥名家,为大河造一座最结实的桥。

"好吧,让我来造这座桥!"

木匠欣然同意,立刻赶到河边观察情形。然而,看到湍急的水流时,木匠大吃一惊。

"这么急的河水,我还是第一次见到。怎么才能造出足够结实的桥,顶得住这种激流呢?"木匠苦苦地思索着。

就在这时,从大河的正中央,唰地浮现出一个身躯魁梧的大鬼。

"我听见你的话了。你想要一座结实的桥,要不要我帮你造一座?"

"哎呀,那可太好了。那就有劳你帮忙,拜托了。"

"好,那我们一言为定。不过,我有个条件,等桥造好了,我要你的眼珠做酬劳。"

话音刚落,大鬼倏地不见了。

第二天一早,木匠来到河边,看到一座宏伟的大桥横跨在水面上。

村民们欢天喜地,木匠却满面愁容。按照大鬼的说法,是要木匠的眼珠做酬劳的。无比珍贵的眼珠,怎么可以被大鬼拿走呢?

木匠偷偷地逃进了深山里。

这时，从大山的更深处传来了一阵奇怪的歌声：

我们的大鬼哟，

可爱的鬼六，

带回眼珠哟，

给我们的礼物，

快点回来哟，

我们的鬼六……

"哎呀，这是鬼的孩子们在唱歌！原来，鬼就住在这座山里，是鬼的孩子们想要我的眼珠！"

木匠听到歌声，慌忙从山里逃了出来。逃着逃着，竟然来到了大桥附近。

"坏了，怎么又回来了！"

木匠慌慌张张地正要离开。就在这时，大鬼出现在他的面前。

"往哪儿跑？你跑不掉的，按照约定，把眼珠给我吧。"

"求求你，放过我吧。要是没了眼珠，我就不能干活了。不能干活，就没办法养活我的家人。"

木匠拼命地恳求，大鬼说道：

"家人？我也有家人，所以，你的心情我倒是能理解。嗯，这样吧，你要是能猜中我的名字，我就放过你。给你三次机会。"

"你的名字？"

可是，木匠根本不知道大鬼的名字。没办法，他只好努力地猜起来：

"强太郎，对吗？"

"不对！"

"鬼太郎？"

"不对，不对！"

就在这时，木匠突然想起了他在深山里听到的那首奇怪的歌，不由得大叫：

"啊，我知道了！你叫鬼六。鬼六，鬼六，鬼六！"

听木匠说出"鬼六"，大鬼大吃一惊：

"呀，怎么让你知道了？"

说完，大鬼一溜烟地跑掉了。

穷神与福神
貧乏神と福の神

　　从前，某个村子里有一个贫穷的年轻人。

　　年轻人非常勤劳，可是无论他怎么努力干活，生活却完全不见宽裕。

　　这是因为，穷神就住在年轻人的家里。

　　在村里人的帮助下，年轻人娶了妻子。妻子模样很漂亮，而且特别勤快，一天到晚都在劳动。

　　"真是一个好媳妇哇。嗯，我也要更努力！"

　　年轻人比以前更加勤劳了。

　　这样一来，住在年轻人家里的穷神犯了难：

　　"唉，这对小夫妻多么勤快呀。这样的话，我很难再住下去了。这可怎么办呢？"

　　渐渐地，穷神越来越没有精神了。

　　几年过去了。这一年的除夕，年轻人家里准备了一些年夜饭，虽然菜肴不多，但也可以开开心心地迎接新年。

　　"呜——呜——"

忽然,从天花板里传来了哭声。

"咦?谁在那里?"

年轻人上去一看,只见一个老爷爷穿得破破烂烂,正在放声大哭。

"你到底是谁?"

"我吗?我是穷神。我在这个家住了好多年,可是你们夫妻俩太勤劳了,今晚福神就要来了。福神一来,我不得不离开了,呜呜,呜呜……"

年轻人听说自己家的守护神是穷神,感到有点儿失望。不过,即便如此,神明毕竟是神明。

年轻人请穷神下来,在房间里坐下,把事情的原委告诉了妻子。

年轻人非常同情穷神的境遇,不由得说出了这样的话:

"既然您已经在我们家住了很久,那么,您就一直住下去好了。"

年轻人的妻子也赞同地说:"就是,就是呀。您就住下吧。"

穷神一向是无论走到哪里,都会被人嫌弃。他还是第一次听到这么热情的话,欢喜地流下泪来。

"欸,欸。"

夜深了,除夕的钟声敲响了。这是神明们轮班的信号。

就在这时,传来了咚、咚、咚的敲门声。

"这么晚了，谁会来呢？"

"啊哈哈哈，久等了，久等了！我是从神明的国度远道而来的幸福使者，我就是人们翘首以盼的福神！"

终于，福神来到了年轻人的家。

福神一眼瞥见了穷神，叫道：

"怎么，你这个脏乎乎的家伙，居然还赖在这里！喂，快走！不然的话，别怪我动粗，把你赶出去喽！"

不过，穷神也不肯示弱，叫着"你说什么"，就朝福神冲去。可是，瘦巴巴的穷神，怎么可能是胖墩墩的福神的对手呢？

小夫妻看到这副情景，担心地叫了起来：

"哎呀，小心！"

"穷神爷爷，使劲啊！"

听到小夫妻的话，福神大吃一惊。

"什么，什么？你们居然帮着穷神？"

夫妻俩和穷神一起，把福神朝门外推去。

"一二——三！一二——三！"

终于，三个人齐心协力，把福神推出了门外。

福神站在门外，目瞪口呆，怎么也想不明白。

"我是福神哪。里边的那个，那是穷神哪。不都是应该讨厌穷神，喜欢福神的吗？到底是怎么回事？"

福神带着一肚皮疑问，没精打采地回去了。

"太好啦,太好啦!"小夫妻和穷神都非常开心。

第二天就是喜庆的大年初一,穷神和小夫妻一起,过了一个快乐的新年。

那之后,尽管穷神和小夫妻住在一起,但他们家充满了欢声笑语,过着幸福的生活。

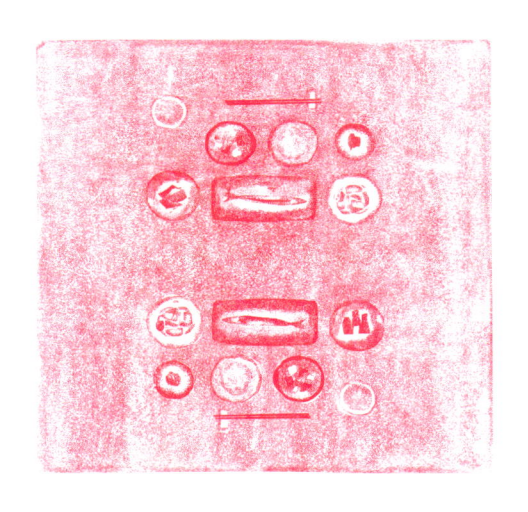

变成了招财猫的小猫
招き猫になったネコ

　　从前，上野山下有一家干货铺。这一天，铺子里的猫生下了一只小猫。

　　不过，小猫的模样有点儿奇怪，简直与人发怒时的面孔一模一样。

　　过了几天，干货铺的主人说："这只小猫长得太吓人了，像是满肚子怨恨。把它留在这里的话，客人们会害怕的，都不愿意上门了。这样的猫，赶紧丢出去算了。"

　　于是，主人吩咐店里的小伙计把小猫丢到寺庙区。

　　小伙计把小猫放在怀里，沿着大池塘岸边，朝寺庙区走去。

　　半路上，小猫也许是肚子饿了，喵喵地叫了起来。

　　"喂，别吵啦。"

　　小伙计解开了衣襟，想要安抚一下小猫。小猫一下子蹿了上去，小嘴巴凑到了小伙计的脖子底下。其实小猫是想找奶吃，小伙计却以为它要咬自己，大叫起来：

"呀，你这家伙！"

小伙计一边叫着，一边把小猫甩到了地上。

听到小伙计的叫声，池塘边茶馆里的老爷爷跑了出来。

"怎么啦，出什么事了？"

小伙计把事情的原委讲给老爷爷听，老爷爷说：

"因为这个缘故，就把小猫丢掉，太可怜了。噢，模样确实有点儿奇怪，不过仔细看看，也挺可爱的，是吧？好了，这只小猫我养了，把它留在这里，你回去吧。"

于是，小猫留在了茶馆里，由老爷爷收养了。

后来，因为小猫的模样别致，许多人特意从远处来到茶馆，就是为了看看这只不同寻常的猫咪。

就这样，小猫变成了招徕客人的"招财猫"。自从养了小猫，池塘边老爷爷家的茶馆生意变得非常兴隆。

返老还童的泉水
若返りの水

从前,山脚下有一座小村庄,村庄里住着一对老爷爷和老奶奶。

老爷爷的工作是烧炭。他砍下山里的树木,烧成木炭,装进草袋里,运到附近的集市上卖掉。

不过,老爷爷上了年纪。对他来说,烧炭的活儿越来越吃力了。

"唉,腰也弯了,眼也花了……不中用喽。"

这一天,老爷爷挑着木炭,步履蹒跚地朝山下走去。天气非常炎热,老爷爷的嗓子干得快冒烟了。

忽然,老爷爷看到路边有一块突出的岩石,从岩石下边,汩汩地涌出一汪清澈的泉水。

"哎呀,太好了!"

老爷爷喝了清凉的泉水,泉水的味道甘甜极了。

"啊,真好喝啊。咦,怎么回事?腰好像一下子直起来了。"

老爷爷以为这是喝水之后有了力气的缘故,没有多想,下山回到了家。

"老婆子,我回来了!"

"噢,今天回来得早。老头子……啊!"

老奶奶大吃一惊,眨巴着眼睛,盯着老爷爷。

不,眼前的不是老爷爷,而是老奶奶刚嫁过来时的、青年时代的老爷爷。

"……莫非我在做梦?"

听了老奶奶的话,老爷爷才发觉自己已经变回了年轻时的样子。

"听说有返老还童的泉水,这么说,那就是返老还童泉水了!"

老爷爷告诉老奶奶,岩石下涌出了一汪清澈冰凉的泉水。

"哎呀,有这么神奇的泉水,那我也去喝一些吧。"老奶奶说。

第二天一早,老奶奶立刻动身去了山里。

老爷爷在家里高兴地等着老奶奶,心想老奶奶回来的时候,一定变得又年轻又漂亮。

可是,中午过去了,天黑了,老奶奶一直没有回来。老爷爷担心起来,叫上村里的人一起去山里寻找老奶奶。

然而,怎么也找不到老奶奶。

"到底去哪里了？"

"莫非被狐狸迷了，给带到深山里去了？"

大伙儿议论纷纷，就在这时，路边的草丛里传来了婴儿哇哇的哭声。

老爷爷上前一看，只见一个脸蛋红扑扑的婴儿，穿着老奶奶的衣服，正在哇哇大哭。

"……傻瓜，这个傻老太太啊。喝得太多了，变成了小孩子。"

老爷爷无可奈何，只好抱着小婴儿回家了。

二月的樱花
二月の桜

从前，在一个名叫樱谷的地方，住着一位老爷爷和他的孙子。

樱谷这个地方，有一棵古老的樱花树。老爷爷还是小孩子的时候，就和樱花树是好朋友。每当春天来临，樱花盛开的时候，老爷爷就会停下田地里的活儿，心醉神迷地望着樱花。

当花瓣凋谢后，老爷爷会把花瓣一片一片地收集起来，埋到樱花树下。

"樱花呀，谢谢你今年带给我的快乐。"

年复一年，老爷爷上了年纪，终于卧病在床，无法行动了。

二月里寒冷的一天，老爷爷听着北风的呼啸声，对孙子说道：

"我活到现在，真的非常幸福。不过，在我死之前，真想再看一次樱花啊。"

"可是，现在才是二月，恐怕……"说了一半，年轻人连忙止住了话头。

老爷爷闭上眼睛，泪水落了下来。他一定是想起了樱花盛开的情形吧。

"爷爷，您等着。"

年轻人不忍心看爷爷这么伤感，冲出门去，冒着寒冷的北风，跑到了樱花树下。

这一天特别寒冷，樱花树细细的树枝仿佛也冻得瑟瑟发抖。

年轻人双手合十，向樱花树恳求道：

"樱花树哟，求求你，开花吧。爷爷就要去世了。趁爷爷还活着，让他再看一次樱花吧。"

年轻人一遍又一遍地祈祷，直到夜幕降临，他还在樱花树下，不肯离去。

没过多久，天光放亮，又是一个清晨。

年轻人一直在樱花树下祈祷，由于太寒冷，他冻得失去了知觉。忽然，年轻人感到一阵温暖，睁开了眼睛。

"为什么这么暖和？而且，还有甜美的花香！"

年轻人缓缓地抬起头，仰望着樱花树。

"啊？！"

多么神奇，多么不可思议，樱花树上竟然开满了花朵！

在二月的寒冷日子里，一夜之间，樱花已经盛开。

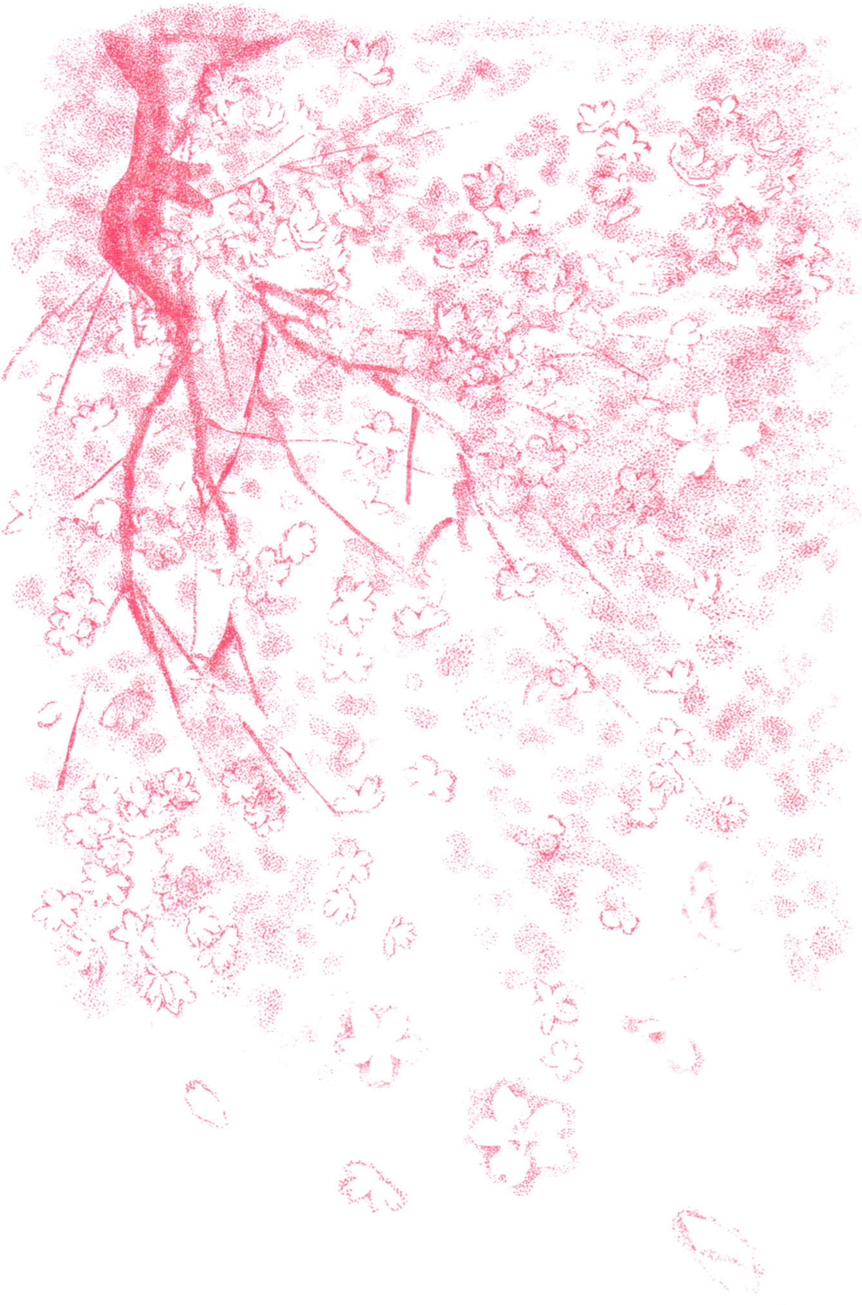

"谢谢，谢谢！"

年轻人向樱花树连连道谢，朝家里飞奔而去，爷爷还在家里等着呢。

"爷爷，爷爷，我背着您，我们一起去看！"

"什么？怎么了？"

"马上就知道了，我们走！"

年轻人背着爷爷，向樱谷走去。不一会儿，樱花树出现在他们眼前。

"啊……"

老爷爷震惊得说不出话来，只有泪水簌簌地滑落下来。

"太好了，爷爷……"

樱花沐浴着旭日的光辉，闪耀着明媚的光彩。

"这么美丽的樱花，我还从来没见过呢。我真是有福的人哪。"

听着爷爷的喃喃低语，年轻人也流着眼泪连连点头。

没过多久，老爷爷就去世了。不过，从那以后，据说每年的二月十六，樱谷的那棵樱花树就会绽放出美丽的花朵。

能听懂鸟语的头巾
聴き耳ずきん

从前,一位老爷爷住在群山环绕的山坳里。老爷爷每天早晨进山,一整天都忙着砍柴。

这一天,老爷爷背着高高的一捆柴,从山里走了出来。

"哦,该回去了。咦,那是什么?"

只见一只小狐狸正在努力地去摘树上的果实。

"嘿,这不是小狐狸吗?"

小狐狸的腿好像受伤了,无论怎么使劲儿,也够不到果实。

"好了,好了,我来帮你摘。给你,吃吧。好了,我走喽。"

得到老爷爷温暖的帮助,小狐狸看起来非常开心,一直目送着老爷爷离去。

过了几天,老爷爷到镇上买东西,回来时天色很晚了。

"我得走快点儿。"

路上已经一片昏暗,老爷爷匆匆地赶路。忽然,他看到小丘上有一只小狐狸正在等待自己。

"那不是前一阵子遇到的小狐狸吗？"

小狐狸频频朝老爷爷点头，好像在邀请他一起走。于是，老爷爷跟在小狐狸身后，向前走去。小狐狸拖着受伤的腿，努力地给老爷爷带路。

终于，他们来到了竹林深处的狐狸窝。

"噢，这就是你的家呀。"

狐狸妈妈在家，可是它躺在床上，好像生病了。狐狸妈妈朝着老爷爷连连鞠躬，仿佛是感谢他帮助了自己的孩子。然后，狐狸妈妈从里面取出一样东西，是一块破旧的头巾。

"这个脏乎乎的头巾，大概是要送给我吧。那我就高高兴兴地收下吧。"

老爷爷谢过了狐狸妈妈，收下头巾，沿着来时的路一个人回去了。小狐狸一直目送着老爷爷的背影。

第二天，老爷爷在院子里劈柴。这时，一个东西啪地落在了脚下。

"哦，这是昨晚狐狸给的头巾。我就戴着吧。"

老爷爷戴上头巾，继续劈柴。

忽然，老爷爷耳边传来了说话声。

"说起我家那位大爷，天天躺在家里睡大觉。现在已经胖得要命，飞都飞不动了。"

"哎，你家先生不就是以前瘦瘦的五郎吗？"

老爷爷很奇怪："咦，确实有人在说话呀，是谁？"

他悄悄地朝屋里张望，一个人也没有。

"听说，后面林子里的阿吉肚子疼，没精打采的。"

"那是吃了太多果子的缘故吧。"

老爷爷又听到了说话声。

"奇怪，好像有人哪……可还是一个人也没有。"

老爷爷里里外外转了一圈，又抬头朝空中望去。

"嗯？莫非是因为这块头巾？"

他摘下头巾，又戴上，反复试了几次。

"果然是这个原因。"

原来，一旦戴上狐狸送的头巾，就可以听到动物、小草和树木的说话声。真是一块奇妙的头巾哪。

想到狐狸居然送给自己这么珍贵的东西，老爷爷心里非常感激。

接下来的日子里，老爷爷到山里干活时比以前快乐多了。

戴上头巾进入山里，老爷爷的耳边都是动物们的说话声。小鸟停在枝头聊天，松鼠在大树上交谈，大家都开开心心的。

老爷爷一边砍柴,一边听着小鸟们说话,觉得有趣极了。

"我的嗓子坏了,唱歌的时候一点儿自信也没有了。"

"怎么会呢?你的歌声好听极了。"

"是吗?那我就唱一首吧。"

甚至,连小虫子的说话声都能够听到。

就这样,老爷爷彻夜倾听着小虫子的歌声。从此以后,一个人生活的老爷爷,再也不感到孤独了。

有一天,老爷爷背着木柴下山的时候,看到两只乌鸦正在树上聊天。

老爷爷拿出头巾戴上,只听乌鸦说道:

"你是说那个富翁的女儿吗?"

"是啊,她已经病了很久。其实,这姑娘的病是他们院子里那棵大樟树捣的鬼。"

"大樟树捣的鬼?为什么?"

"嘿,你去听听大樟树怎么说,不就行了?"

听了乌鸦的话,老爷爷连忙赶到了富翁家。富翁正愁眉不展,因为他的独生女儿卧床不起,病势非常沉重。

这天晚上,老爷爷要求在富翁家的库房里过夜。他戴上了头巾,静静地等待着。

"好痛啊,好痛啊。"

从库房外面,传来了大樟树的哭声。

松树和竹柏纷纷慰问:"樟树兄,你怎么了?"

"唉,你们看看我这副样子。新库房正好盖在我的腰上,难受啊,太难受了!"

"是啊,真的太难受了。"

"所以,我怨恨盖这座库房的富翁,我诅咒他女儿生病,就是为了让他难受。"库房里的老爷爷听了大樟树的话,一下子明白了。

"只要把库房挪到别的地方,姑娘的病一定会好的。"

第二天,老爷爷把事情的来龙去脉告诉了富翁。富翁立即决定把库房改建到别的地方去。

几天之后,库房拆掉了。大樟树身上卸下了重担,很快有了精神,长出了郁郁葱葱的绿叶。

富翁的女儿也完全恢复了健康。富翁欢喜极了,赠送给老爷爷很多珍宝。

"多亏了狐狸送给我这块头巾,我买些狐狸喜欢吃的东西,去送给它们吧。"

于是,老爷爷买了许多狐狸最喜欢的油炸豆腐,沿着山路回去了。

小宝宝和小偷
赤ん坊と泥棒

有一天，小偷溜进一户人家，藏在了房梁上。

他朝下一看，只见一家人——爸爸、妈妈和小宝宝正在睡觉。可能是白天干活很疲劳了，爸爸和妈妈都睡得很香。

"不错，睡得很沉嘛。"

小偷放心了，正要从房梁上溜下来。就在这时，睡在父母中间的小宝宝忽然睁开了眼睛。

"糟了！"小偷慌忙又藏回到房梁上。

可是，小宝宝望着小偷所在的方向，仿佛马上就要大哭起来。

"坏了坏了，小娃娃一哭，我就完蛋了！"

小偷急中生智，冲着小宝宝咻溜吐了吐舌头。小宝宝立刻笑了起来。

"不错不错，乖娃娃。"

接着，小偷噘起嘴，装成小丑的模样。

看到小偷的脸，小宝宝又快活地笑了。

"哈哈哈，真是个可爱的娃娃。"

小偷不由得喜欢上了这个小宝宝，他摆动着手臂，做出种种滑稽的表情，卖力地逗小宝宝开心，完全忘记了自己还有活儿要干呢。

"喔喔喔——"

不知不觉中，外面传来了第一声鸡鸣。小偷一看，窗外已经蒙蒙亮了。

"糟了，天亮了！"

小偷向小宝宝挥挥手，什么东西也没拿，一溜烟儿地跑掉了。

从月亮上掉下来的年糕
月から降った餅

从前，在一个小岛上，生活着一个男孩和一个女孩。

男孩和女孩一天到晚都在玩耍，玩累了就睡觉，睡醒了就继续玩儿。就这样，他们过了一天又一天。

每天晚上，到了固定的时间，神明会从月亮上给他们撒下年糕，两个人捡年糕吃就好了。

男孩也好，女孩也罢，都没有想过为什么年糕会从月亮上掉下来。

刚刚捣好的年糕又松又软，他们吃得饱饱的，然后在美丽的绿色小岛上奔跑，在闪闪发光的蓝色大海里游泳。他们觉得，这样的生活是理所当然的。

一天晚上，他们像平常一样捡起月亮上掉下来的年糕，吃着吃着，忽然，不知是谁说出了这样的话：

"喂，以前咱们都把吃不完的年糕扔掉了。其实，咱们可以把吃剩的年糕攒下来，这样的话，肚子饿的时候就可以吃。从今晚开始，我们把年糕攒下来吧。"

"是啊。如果攒下来，晚上就可以不来捡年糕了。年糕掉下来的时间，有的时候我都困了。"

于是，男孩和女孩决定把吃剩下的年糕攒起来。两人想到了这么一个好主意，感到十分满意。

可是，月亮上的神明却不喜欢他们的这个主意。

"每天晚上，我一定会给你们撒下年糕，你们把吃剩下的攒起来，又是什么意思？莫非是不相信神明吗？"

从那以后，神明不再给他们撒下年糕了。

男孩和女孩慌忙向月亮上的神明恳求：

"神明啊，神明，请从月亮上撒下年糕吧。"

"神明啊，我饿得快倒下了。请您还像从前那样，赏赐给我们年糕吧。"

然而，月亮上再也没有掉下过年糕。

第二天，男孩和女孩走向大海，开始捕捉贝壳和鱼充饥。他们再也不像从前那样只知道玩耍了。

忙碌充实的生活中，他们偶尔会想起从前那些不知道饥饿的日子。这种时候，他们会双手合十感谢神明的照顾，然后抖擞精神，继续自己的劳作。

哪个是猫妈妈
親ネコ子ネコ

从前，有一个名叫吉四六的聪明人。他不但聪明机智，性格还十分开朗有趣。

村里有户人家养了一只母猫。有一次，母猫生下了四只小猫。其中三只小猫很快被人领养了，只剩下一只和猫妈妈几乎一模一样的小母猫。不知什么缘故，一直没人来要这只小猫，于是就留在了主人家。

过了一年，小猫长大了。现在，即便是家里人也很难分辨出究竟哪只是猫妈妈，哪只是小猫。

一天晚上，村里的几个年轻人聚到猫主人家一起喝酒，大伙儿喝得正起劲的时候，没有酒了。大伙儿醉醺醺得正舒服，谁也不愿意跑到镇上买酒。

于是，一个年轻人看了看一模一样的猫母女，想出一个主意。

"喂，咱们把聪明人吉四六叫来，让他分辨一下这两只猫。要是他搞错了，就让他去镇上买酒。"

大伙儿都觉得这个主意很有趣，马上把吉四六叫了过来，把两只猫放到他面前，说：

"聪明人，这两只猫哪只是猫妈妈，哪只是小猫，你能分辨出来吗？如果你猜对了，这里的菜肴全送给你。不过，要是猜错了嘛，就得麻烦你去镇上买酒喽。当然，要用你吉四六的钱请客哦。怎么样？要是没信心猜对，不打这个赌也行。"

吉四六若无其事地回答："没问题。我打这个赌。"

接着，吉四六从下酒菜里拿起一条鱼，丢在两只猫中间。

"喵——"

"喵——"

两只猫同时向鱼扑去，可是，其中的一只立刻停住了，静静地看着另一只津津有味地大吃鱼肉。

看到这副情景，吉四六说："吃鱼的这只是小猫，看它吃的这只是猫妈妈。猫主人，你说对不对？"

的确是这样的。猫主人满心佩服,连连点头,说:

"说的一点儿不差。就连我自己,还经常把它们弄混。"

吉四六麻利地把饭菜收到一个盘子里,预备把它们拿走,嘴里嘟囔着:

"做父母的,就算是自己饿肚子,也要把食物留给孩子。父母就是这么无私,人也好,猫也罢,都是一样的。孩子们还在家里等着我呢,我得赶紧回去,把这些东西带给他们吃。"

说完,吉四六带着饭菜扬长而去。

坐渡船的狐狸送亲队
真夜中のキツネの嫁入り

江户这个地方有一条大河。有一天,一名武士来到了大河的渡船小屋。

武士自称是贵人府邸的侍从,他说:

"今晚,府上的千金出嫁,要嫁到河对岸的一座府邸去。小姐的随从有一百多人,所以,你把河上的渡船全部召集过来,一条也不要落下,在此处等候送亲队伍。先付给你十个金币,船钱事后再算,还会额外赏你们许多酒钱。"

武士吩咐完,就回去了。

渡船的总管喜出望外,立刻把所有船只都集中到了渡口。

当天夜里,数不清的灯笼绵延不绝,小姐的轿子在众多武士的簇拥下缓缓地来到渡口。

船夫们整整齐齐地排成行列,恭恭敬敬地迎接小姐的送亲队伍。为了表示郑重,每一个送亲的人都由船夫引导到船上,渡船缓缓地驶过夜色中的河面。

到了对岸，送亲队伍的人们几乎没有说话，像被吸进深夜的黑暗中似的，转眼就消失不见了。

第二天早晨，渡船总管打算把昨天收到的钱分给大伙儿，于是把神龛上面包着金币的纸包取了下来。

"咦，怎么这么轻？"

总管打开纸包一看，不由得大吃一惊："啊，这是什么？"

包在里面的，竟然是十片树叶。

"浑蛋！贼狐狸，骗得我们好苦！"

据说，从前经常会发生这样的事情。

月亮在看着呢
お月さまが見ているよ

　　从前，有一个父亲和他的小儿子相依为命地生活着。

　　孩子的母亲已经去世了，父亲独自抚养着小男孩。他非常疼爱这个孩子，无论是去山里干活，还是去镇上办事，总是把孩子带在身边。

　　一个月光明亮的夜晚，父子俩从镇上办事归来。父亲忽然看到路边的田地里生长着南瓜，看上去很好吃的样子。

　　父亲很想吃南瓜，就对小男孩说：

　　"听着，如果有人过来，马上告诉我。爸爸现在去给你摘南瓜。"

　　"嗯，知道了。"小男孩答应着。

　　于是，父亲钻进了南瓜田里。

　　这时，男孩忽然叫起来："不行！爸爸，有人在看！"

　　"啊？"

　　父亲大吃一惊，在田里蹲了下去。可是，四周并没有人影。

父亲站起身来,对男孩说:"你说什么?这不是一个人也没有吗?"

男孩指了指天空,说:"喏,月亮在看着呢。"

父亲抬头望向天空,一轮又大又亮的满月正洒下光辉,照在父子俩身上。

"是吗?你说得对。的确,月亮在看着呢……谢谢你,月亮。"

父亲不再去摘南瓜,拉着孩子的手回家了。

鬼做的面具
鬼がつくった鬼の面

　　京都的北面有一座寺庙，名叫国分寺。一对夫妇受雇于寺庙，住在庙里干活儿。

　　夫妇俩特别勤快，只不过，有一件事情非常奇怪。

　　那就是，一旦寺庙里的和尚外出，米和木柴就会急剧减少。

　　"两个人根本吃不完这么多米呀。莫非，他们把米和柴拿去卖了？"

　　有一天，和尚装作外出，悄悄躲在厨房的角落里，偷偷观察夫妇俩的情形。

　　两人以为和尚真的出门了，说："太好了，和尚总算出去了。好了，还是老规矩，放开肚皮吃一顿！"

　　说完，他们在厨房的大锅里煮了一斗多的米，呼噜呼噜吃完了，又把木柴接二连三地丢进火炉，烧得暖暖和和，自己舒舒服服地躺下休息。

　　"这是什么人哪！饭量大得吓人，还把珍贵的木柴胡乱糟蹋！"

看到两个人呼噜震天地睡午觉，和尚气坏了，他走上前去刚要大吼，只见睡着的夫妇俩忽然变了模样。

转眼之间，夫妇俩的脸变得火红火红，嘴巴咧到了耳朵边，头上长出了两只角。

和尚大惊失色，脱口大叫："鬼呀！"

夫妇俩惊醒了。他们拿起厨房里的一块粗木柴，用锋利的爪子眨眼间雕刻出一个面具，和他们自己的鬼脸一模一样。

然后，他们向和尚行了一个礼，随即消失不见了。

"莫非，这两个鬼想变成人，所以才在这里干活儿？"

和尚拾起鬼雕刻的面具，那鬼脸看上去竟是那么温和善良。

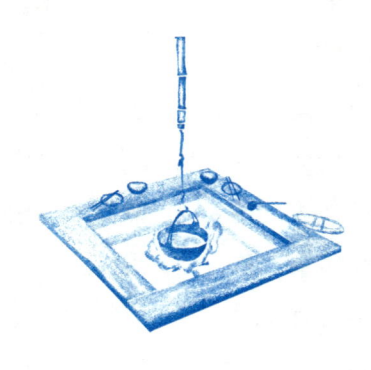

从画中跑出的小马
絵から抜け出した子馬

　　从前，某个村子里有一座寺庙，寺庙里有一个热爱画画的小和尚。

　　只要一有空闲，小和尚就一个劲儿地画画，连经都顾不上念了。

　　"你是侍奉佛祖的人，这样子像什么话？你要是再画，我就把你赶出寺庙。"

　　大和尚严厉地训诫他，可是小和尚还是没法放弃画画。于是，他半夜里悄悄起床，偷偷地画。

　　有一天，小和尚画了一匹小马，画得栩栩如生，小和尚自己都看得入了迷。

　　小和尚开心极了，悄悄地把画藏在自己的房间里，以免被大和尚发现。

　　然而，没过多久，村子里出了大麻烦。已经黄澄澄的麦穗，不知被什么动物连吃带糟蹋，弄得一片狼藉。

　　村民们本来满心欢喜，想着以后会是大丰收。没想到出了这样的事,大家恼火极了。

"哪个畜生作恶,一定要把它抓住杀掉。"

于是,大伙儿在田地里搭了小棚子,一天到晚看守着庄稼。

那天晚上,不知从哪里跑来一匹小马,冲进了麦田里。

"原来是那匹小马在吃麦子!"

看守庄稼的村民悄悄地跟在小马身后。小马毫无察觉,开心地在麦田里跑来跑去,时而停下来,津津有味地吃麦穗。

"居然是这家伙。"

"绝对饶不了它!"

村民们冲过去,把小马团团围住。小马瞅了个空子,飞快地逃走了。

"别跑!"

"追上去!"

村民们拼命地追赶,眼看着小马跑进了寺庙。

"咦?寺庙里没有养马呀,也没听说有人把马寄放在寺庙里。"

大伙儿迷惑不解,跟在小马后面进了寺庙。小马的脚印星星点点的,一直通向小和尚的房间。

"不会吧!"

大和尚听了村民们的诉说,急忙赶到小和尚房间,看看究竟是怎么回事。

　　只见小和尚端坐在房间里，抱着一幅小马的画。画上的小马一动不动地盯着这边，仿佛立刻就要从画中一跃而下。

　　"就……就……就是这匹马！"

　　跟在后面的村民们看到画里的小马，都倒吸了一口凉气。

　　大和尚看看快要哭出来的小和尚，说："画中的马竟然能下地，你这功力非同小可。从今往后，你想怎么画就怎么画吧。"

　　那之后，小和尚画了很多佛祖的画像，送给村子里的人们。人们把这些画当作传家的宝贝，小心翼翼地珍藏着。

五分次郎
五分次郎

从前有一对老夫妇，他们膝下没有孩子，每天都向观音菩萨祈祷：

"请赐给我们一个孩子吧，无论多小的孩子都可以。"

有一天，老奶奶的左手大拇指突然呼呼地膨胀起来，过了七天七夜，噗的一声，一个极小极小的男孩子从大拇指里诞生了。

男孩子大概只有半寸——也就是五分那么大。不过，老爷爷和老奶奶高兴极了。

"观音菩萨满足了我们的心愿！"

"既然只有五分这么大，就叫作五分次郎吧。"

五分次郎虽然个头小小的，却是一个健康活泼的男孩子。

有一天，五分次郎乘着竹叶做成的小船，用牙签当作船篙，在河里玩耍。忽然，一只来自大海的大鲷鱼和五分次郎迎头撞上，大鲷鱼一口把五分次郎吞到了肚子里。

"咦，我真的被大鱼吞下了？……嗯，那好吧，总会有办法的。"

五分次郎满不在乎地在大鱼肚子里睡起了午觉。

再说这条大鲷鱼，没过多久就落进了渔夫的网里，被送进了鱼店的厨房里。

鱼店主人切开大鲷鱼的肚子，五分次郎大叫一声"好喽"，嗖地一下蹦了出来。

那之后，五分次郎经过数日的旅行，抵达了鬼岛。

五分次郎站在一块岩石上张望，看到鬼们分成了赤鬼和青鬼两支队伍正在进行战斗演习。

五分次郎看得津津有味，快活地大喊大叫："赤鬼赢了！这一回，青鬼赢了！"

鬼们听到了叫声，开始搜寻声音的主人。

"究竟是什么人？竟敢干扰我们演习！"

终于，鬼大王发现了五分次郎。

"什么？这么个小东西，还不够我塞牙缝的！"

鬼大王捏起五分次郎，一口吞了下去。

"唉，又被吃掉了……"五分次郎落进了鬼大王肚子里，他在鬼大王身体里窜来窜去，用牙签刀四处乱刺——刺胃，刺肚脐，刺喉咙！

鬼大王痛得直翻白眼，大喊大叫："啊，痛死了，痛死了！"

小鬼们慌慌张张地冲着鬼大王的肚子叫喊:"喂,我们给你宝贝,快从大王肚子里出来吧!"

五分次郎说:"说话算数!要是你们敢骗我,我还会再进来的!"

然后,嗖的一声,五分次郎从鬼大王的鼻子里跳了出来。

"好了,按照约定,把宝贝给我吧!"

于是,鬼们拿出许多宝贝,将宝贝放在马背上,送给五分次郎。五分次郎坐在马的鬃毛上,带着宝贝回到了家。

家里,老爷爷和老奶奶正在盼着他回家呢。

鳞珠的故事
犬ッコと猫とうろこ玉

从前,某个地方有位心地善良的老爷爷。有一天,老爷爷到城里去,回来的路上看到一群孩子凑在一起,正在欺负一只小狗。

"哎哟,多可怜哪。"老爷爷从钱袋里拿出铜钱,从孩子们手里买下了小狗,把它抱回了家。

"来,吃饭吧。来,吃鱼吧。"老爷爷精心地养育小狗,小狗很快就和老爷爷亲近起来,和家里原来的那只三花猫也成了好朋友。

有一次,老爷爷拆除家里的柴房,一条小白蛇哧溜哧溜跑了出来。老爷爷把饭粒放在手里,让小蛇舔食,小蛇也很快和老爷爷亲近起来。老爷爷非常疼爱小白蛇,把它放在小匣子里,以免被人看到。可是,不知不觉中小蛇长大了,把小匣子塞得满满的。老爷爷又把它放进了衣柜里,不知不觉中,小蛇又把衣柜的抽屉塞满了。

于是有一天,老爷爷对白蛇细细地说明了缘故:"白蛇呀,白蛇呀,我这个狭小的穷家,遮住脑袋就露出脚,遮住脚就露出脑袋,实在没有力量养活你了。你也长大了,能自食其力了,不会被老鹰啊鹞子什么的欺负。你去一个自己喜欢的地方,自立门户去吧。"

白蛇仿佛听懂了这番话,从老爷爷的膝盖上下来,朝院子里蜿蜒爬去。老爷爷跟在后面,想看看它去哪里,到了院子里的五叶松跟前,白蛇唰地钻进了树根下的洞里。

"这里大概就是白蛇的旧巢了。"老爷爷朝洞口瞥了一眼,却看见洞里有个银光闪闪的东西。

"咦,是什么呢?"老爷爷拿到手里一看,竟然是一颗世所罕见的宝物——鳞珠[1]。

老爷爷心想,这大概是白蛇留作纪念的礼物,便把鳞珠捧回去,珍藏在衣柜的最里边。

有一天,老爷爷想再端详一下那闪闪发光的宝贝,便打开衣柜,没想到竟然看到一粒黄金从鳞珠中涌了出来。那之后,每一天都有黄金涌出,老爷爷成了一个大富翁。

老爷爷用黄金做本钱,开了一间绸缎衣料店,店铺的生意十分兴隆。

有一天,一个年轻人从京都那边过来,向老爷爷请求,"请让我来做绸缎店的掌柜吧"。老爷爷说"你来得正好",就

---

[1] 鳞珠是由大蛇的鳞片化成的宝珠。

雇用了他。年轻人聪明伶俐，老爷爷非常喜欢他，很快就把店铺交给他去管理。

要是能这样平安无事也就罢了，但俗话说"贪心不足蛇吞象"，年轻人竟然想把老爷爷的宝贝鳞珠据为己有。终于有一天，年轻人拿到了衣柜的钥匙，趁机偷出了鳞珠，从此不见了踪影。

自从丢失了鳞珠，老爷爷家从前的兴旺景象，仿佛梦幻一般消失了。家业一天一天地凋零，终于，老爷爷成了一个家徒四壁的赤贫之人。有一天，老爷爷抚摸着狗狗和三花猫，酸涩地眨巴着眼睛，说道：

"狗儿呀，猫儿呀，你们待在这个家，陪伴了我很多年。现在，因为我的疏忽弄到这样穷困的地步，连一条小鱼干、一团干菜饭都给不了你们。你们走吧，离开这个家，到别处讨生活去吧。"

狗狗和三花猫听懂了老爷爷的话，无精打采地离开了家。

它们觉得这一切都怪那个京都来的年轻人，于是四处搜寻年轻人的足迹。它们俩一直追到了京都城，依靠狗狗灵敏的鼻子，找到了年轻人新开的店铺。店铺开在城中心，生意非常兴隆。

狗狗和三花猫商量怎样才能混进年轻人的店里，终于想出了一个好办法。三花猫先溜进店铺的厨房，拖出一条大鱼，狗狗则大叫着"这只贼野猫",追上去把大鱼夺了回来。店里的女人们高兴地说"这只狗太能干了,留下来吧",让狗狗留在了店里。

后来,三花猫打起了讨人喜欢的呼噜,保证说"我能把店里的老鼠全抓住,一只也不剩",也留在了掌柜的店里。

且说三花猫进了店铺,对老鼠们来说可太糟糕了。老鼠们聚在一起,叽叽喳喳地商量:"昨天鼠太郎被抓走了,今天会轮到谁?"

最后,它们派出一名使者去向三花猫请愿:

"求你不要赶尽杀绝。只要能放过我们一族老小,无论有什么吩咐,我们一定效力。"

这番话正中三花猫的下怀,但它装作若无其事的样子,说道:

"你们这个请求,我实在难以应允。不过,这一次姑且放过你们吧。但我有个条件,你们去把里屋那个上锁的小箱子咬开,把箱子里的鳞珠偷出来给我。这样的话,你们都能保住性命。"

老鼠使者听完,连忙召集了伙伴们,溜进里间,咔嚓咔嚓地咬开小箱子,把鳞珠拖出来送到了三花猫面前。

于是,狗狗和三花猫匆匆离开店铺,赶往老爷爷的家。

走啊走啊,它们遇到了一条大河。"哎呀,怎么过河呢?"三花猫犯了愁。狗狗却说"你到我背上来",把三花猫驮在背上，三花猫衔着鳞珠，它们一起过了河。

到了对岸，它们遇到了一只狐狸。狐狸说：

"犬兄，猫兄，你们拿的那个圆圆的东西是什么？如果是个球，我们扔着玩吧！"

在狐狸的提议下，它们三个把鳞珠当成手球，投到这边，扔向那边，玩得不亦乐乎。这时，狐狸一个疏忽没有接住，那颗宝贵的鳞珠落到了河里。

"哎呀，坏了，不得了！"大家慌忙到河里寻找，鳞珠却不知道掉到哪里去了，无影无踪。

狗狗和三花猫无可奈何，只能继续前行。它们越过原野，穿过山谷，来到了一个镇上。经过一间鱼店的时候，它们无意中看到一条刚打上来的大鱼正在啪啪直蹦。狗狗和三花猫商量道："我们弄丢了鳞珠，事到如今，哪怕带条鱼回去也好，总算能带给老爷爷一点儿礼物。"于是，它们迅速地偷了那条大鱼，一溜烟儿地逃走了。

跑啊跑啊，终于回到了老爷爷的家。看到它们俩，老爷爷欢喜地落下了眼泪。

"狗儿呀，猫儿呀，这一阵子你们去哪儿了？难得你们还没忘记以前的情分，买了一条这么大的鱼给我。"

老爷爷连忙拿刀切鱼，大鱼的肚子硬硬的切不动。老爷爷觉得很奇怪，把鱼肚子剖开，一颗大珠子骨碌碌滚了出来——正是那颗宝贝鳞珠。

"哎呀,你们竟然帮我干了这么一件大事!"

老爷爷喜出望外,狗狗和三花猫也开心极了。一家人又像从前那样,日子过得越来越兴旺。

比起说教和大道理,我更想给你自由的灵魂。

假如几百年、几千年后,我的作品能够得到人们的认同,那么我就可以从中获得第二次生命。

我自己总想做个孩子,哪怕不能当个孩子,也要总像孩子那样怀有美好的感情和美妙的幻想。

小川未明　　　　　新美南吉　　　　　宫泽贤治

译后记

訳者あとがき

人的一生中，有机会接近"表里俱澄澈"的理想境界，也许只有两个瞬间吧。青年时代，当空气里飘着槐花微甜的香味儿，两个人聊起童年的小村庄，聊起头顶的星空，聊起大海的另一端，似乎天地间那些辽阔而美好的事物都触手可及。恋人年轻的脸上，闪耀着天上星星的光辉，照得人心底一片澄明。那之后又过了好多年，生活越来越平凡，越来越日常。终于有一天，一个小宝宝在你面前睁开了清澈的眼睛，他并不哭闹，亮晶晶的瞳仁映出了你的脸，小小的手指压着嘴唇，若有所思地"噢"了一声。那一刻，仿佛有一股清泉流过心间，只觉得自己由内而外，满满的都是对这世界的善意。怪不得那位美丽的母亲，吟咏出"你是一树一树的花开"这样的诗句。

某种意义上，小孩子真的是拯救成年人的天使。当青春的星光渐渐黯淡，琐碎的生活使人心生疲惫的时候，却有一个小生命活泼泼地成长，永远生机盎然，一派天真烂漫。我们不得不跟随孩子的目光，跟板凳说话，同饭碗商量，小花小草都有妈妈，饺子和汤圆互相比赛，整个世界忽然变得新鲜又生动。相应地，我们也焕发出新的生命力，能够在睡眠很少的情况下做许多工作；而一旦休息得稍微充足，便可以写诗、唱歌、烘焙、缝纫，可以充满热情地做这些美好的事情。

《日本的童话》的编选与翻译，就是这样一件美好的事情。我很小的时候，读过一篇特别的童话《去年的树》。小鸟去南方以后，大树被砍倒、切碎，做成了火柴。小鸟归来时，发现好朋友大树只剩下一截残桩。这本该是一个悲伤的故事，但火柴点燃了火苗，火苗在小鸟的歌声中欢快地跳动，"从心底感到欢喜"。小时候的我，并不知道这是来自日本的童话，更无法以美学的视角来解读。但朦胧中也有了几分类似"生命的光明""哀而不伤"的感触。后来学了日语，又有幸得到翻译《窗边的小豆豆》这样优秀作品的机会，使得这十几年间，儿童文学翻译一直是我重要的一项工作内容。在拥有了"妈妈"这个新身份之后，一个新的梦想也随之而生，即倾注我有限的知识，来选译一本很经典、很美好的日本童话集。

《日本的童话》共选译了六十三篇日本经典童话。其中，第一部分是日本近代三位童话大家新美南吉、小川未明和宫泽贤治的代表作，第二部分是二十四篇日本自古流传的童话故事。

第一部分的三位童话大家中，早逝的天才作家新美南吉尤其擅长超短篇童话的写作，除了《去年的树》，还有《蜗牛》《蜗牛的悲伤》《小竹笋》《两只青蛙》《喜欢孩子的神明》等作品，它们或表达生命的喜悦，或表达人生的哲理，宛如荷叶上一颗颗晶莹的露珠，圆润清澈，意味隽永。"温情"是这些作品的基调，无论是《小狐狸买手套》中人类对于小狐狸的包容，还是《糖球儿》中暴躁武士的善意，都能让人感受到人性中美好的一面。即便是盗贼们，在他笔下也表现出天良未泯、天真烂漫的可爱一面。

有"日本儿童文学之父"之称的小川未明长寿多产，作品内涵丰富而多层次。《大雁》《红船和燕子》《两种命运》《红雀》中的主人公们与严酷的大自然勇敢抗争，谱写出壮阔的生命之歌；《小岛的黄昏》《月夜与眼镜》笼罩着朦胧神秘的美感；《多年以后》蕴含着对人生深沉的思索；《红蜡烛和美人鱼》则可以视为人类的自我反思与自我警醒。小川未明的作品可以说最具日本传统的"物哀"之美，深沉的爱意、真切的感动、细腻的情绪、淡淡的哀愁缠绕在一起，形成了独特的美感。

宫泽贤治生前贫病交加，才华不为人知，作品中常出现奇绝的想象和充满孤独感的意象，《大提琴手戈修》中的孤独艺术家形象甚至超越了童话的范畴，而笼罩着神秘气息的《鹿舞起源》，作者究竟意欲表现什么，也是见仁见智。

在第二部分的日本传统童话中，我们试图把日本自古以来流传于民间的经典故事介绍给小朋友们。"辉夜姬""桃太郎""浦岛太郎""五分次郎"等，都是日本动漫等作品中经常出现的人物。这些故事经历了漫长的流传过程，几乎都有数个版本。在遴选过程中，我们有意识地选取更符合现代价值观、更温柔清新的版本。比如《穷神与福神》，有的版本中穷神怂恿年轻人休掉稍微有点浪费的媳妇，以求得生活好转，这样的说教显然已经陈旧。再如《木匠与鬼六》，有的版本中大鬼被猜出名字后，便化作了泡沫，这样的结果不但伤害了大鬼可爱的孩子们，也会使人类的孩子不知所措。还是摒除民间故事中多余的复仇能量，让大鬼"一溜烟地跑掉"吧，这样孩子们清澈的眼睛里才会浮现出令人安心的笑意。

我着手翻译这部书稿，是在去年仲夏，转眼间，今秋最后的黄叶也快落尽了。一开始，四岁的宝宝只听得进"黄青蛙和绿青蛙打架"的热闹故事；现在，他会在刮风的夜里，担心地问："森林里的小狐狸宝宝，也在狐狸妈妈怀里睡着了吗？"

感谢果麦文化曹曼学妹的热情支持,使我得以在最理想的时段完成了这项幸福的工作,获得了这份珍贵的时光纪念。希望《日本的童话》能够成为一本温柔而清澈的书,伴随孩子们,伴随还拥有孩子般心灵的朋友们,度过一段安宁纯净的时光。

赵玉皎

于二〇一九年黄叶将尽时

[全文完]

日本的童话

作者 _ [日] 小川未明 等　译者 _ 赵玉皎

产品经理 _ 邵蕊蕊　装帧设计 _ 付禹霖　物料设计 _ 孙莹
产品总监 _ 曹曼　技术编辑 _ 陈鸽　执行印制 _ 刘淼　出品人 _ 李静

鸣谢

插画师 _ Moeder Lin

果麦
www.guomai.cn

以 微 小 的 力 量 推 动 文 明

图书在版编目（CIP）数据

日本的童话 /（日）小川未明等著 ; 赵玉皎译. —西安：太白文艺出版社，2023.9
ISBN 978-7-5513-2471-7

Ⅰ.①日… Ⅱ.①小… ②赵… Ⅲ.①童话—作品集—日本 Ⅳ.①I313.88

中国国家版本馆CIP数据核字(2023)第163570号

日本的童话
RIBEN DE TONGHUA

著　　者	〔日〕小川未明　等
译　　者	赵玉皎
责任编辑	熊菁　祖昕妮娅
装帧设计	付禹霖
出版发行	太白文艺出版社
经　　销	新华书店
印　　刷	北京盛通印刷股份有限公司
开　　本	880mm×1230mm　1/32
字　　数	180千字
印　　张	10.25
版　　次	2023年9月第1版
印　　次	2023年9月第1次印刷
印　　数	1—5,000
书　　号	ISBN 978-7-5513-2471-7
定　　价	52.00元

版权所有 翻印必究
如有印装质量问题，可寄出版社印制部调换
联系电话：029-81206800
出版社地址：西安市曲江新区登高路1388号（邮编：710061）
营销中心电话：029-87277748　029-87217872